1971（昭和46）年に連載が始まった『街道をゆく』。紀行文であり、小説的な楽しみもあった。大阪生まれの司馬さんは、なかなか東京を書かなかったが、平成になって本腰を入れていく

高度1万3700メートルから見た東京

「本郷界隈」の取材中、「明治日本にあって東京は文明の配電盤の役割を果たしたんだ」と、司馬さんはよく話していた

東大の三四郎池（東京都文京区）

東京編の主人公は夏目漱石であり、地方を圧倒する明治の「東京」だった。『三四郎』の主人公・三四郎は、池の畔に現れた美禰子に心を奪われる（「本郷界隈」）

鶴岡八幡宮
（神奈川県鎌倉市）

「鎌倉まつり」では、境内に特設の馬場が設けられ「武田流流鏑馬」が開催された（「三浦半島記」）

朝比奈（朝夷奈）切通

（神奈川県横浜市）

鎌倉は三方が山に囲まれ、一方は海。
鎌倉時代、市街への入路は七つとされ、
「切通し」と呼ばれた（「三浦半島記」）

高徳院（神奈川県鎌倉市）

国宝銅造阿弥陀如来坐像は、「鎌倉大仏」「長谷の大仏」として愛されている（「三浦半島記」）

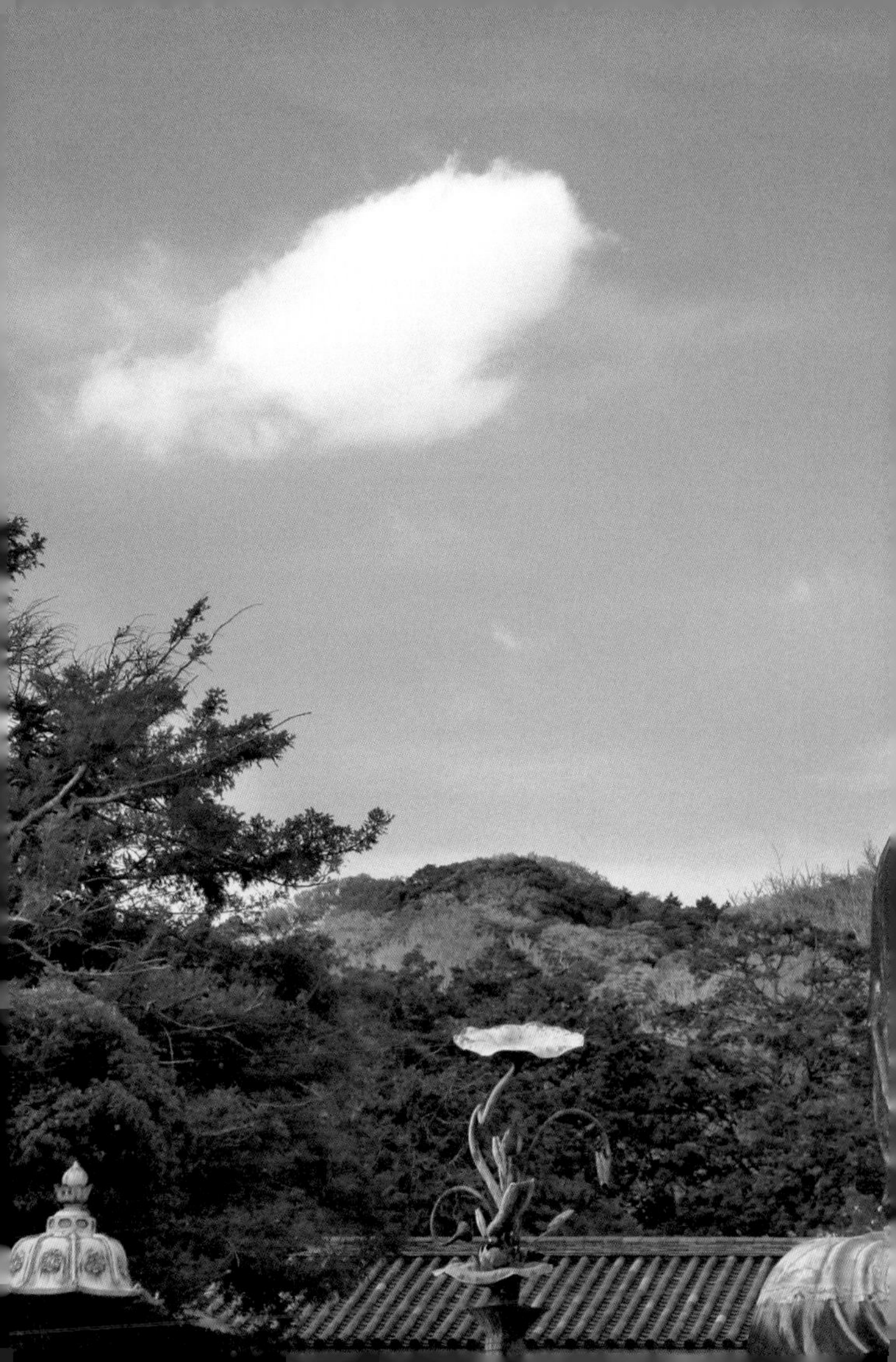

御茶ノ水駅
（東京都千代田区）
神田川にかかる聖橋から見た風景。
上からＪＲ総武線、ＪＲ中央線、
東京メトロ丸ノ内線（「神田界隈」）

神田神保町（東京都千代田区）

司馬さんの資料集めを支えた世界有数の古書店街。毎年秋の「神田古本まつり」は２０１９年で60回を迎えた（「神田界隈」）

日枝神社（東京都千代田区）

日枝神社の鳥居越しに夜の赤坂をのぞむ。国会議事堂に近く、今も昔も参拝する政治家が多い「官社」だ（「赤坂散歩」）

氷川丸（横浜港）

1930年に初航海。第二次世界大戦中は病院船、戦後は復員・引揚船として激動の船人生を送った。司馬さんはこの船について「横浜の象徴」と書いた（「横浜散歩」）

富岡八幡宮例祭（東京都江東区）

江戸っ子が大好きだった富岡八幡の例祭。見物人が多すぎ、永代橋が落ちる事件まであった。いまも神輿を担ぐのは深川っ子の変わらない誇りだろう（「本所深川散歩」）

春の大横川
（東京都江東区）
大横川沿いの桜並木を見ながら、川下りを楽しむ人は多い。
江戸落語の世界の、住人気分が味わえる（「本所深川散歩」）

隅田川

船上から佃島の高層ビル群を見る。「本所深川散歩」の司馬さんは、水上からの視点にこだわっていた

司馬遼太郎の街道 I

東京編

週刊朝日編集部

朝日文庫

本書は二〇一三年八月に小社より刊行された『司馬遼太郎の街道1』、二〇一四年三月に刊行された『司馬遼太郎の街道2』、同年九月に刊行された『司馬遼太郎の街道3』、二〇一五年三月に刊行された『司馬遼太郎の街道4』、二〇一六年十二月に刊行された『司馬遼太郎の言葉3』をもとに再構成し、加筆・修正したものです。

文庫判によせて　司馬さんと歩く　時空を超えた「東京」

週刊朝日で『街道をゆく』の連載を司馬遼太郎さんが始めたのは一九七一（昭和四十六）年一月のことだった。最初の旅は琵琶湖西岸から朽木《くつき》村（現・高島市）をたどる「湖西のみち」。道中、〝宣言〟をしている。

〈街道はなるほど空間的存在ではあるが、しかしひるがえって考えれば、それは決定的に時間的存在であって、私の乗っている車は、過去というぼう大な時間の世界へ旅立っているのである〉

こうして司馬さん独特の〝時空の旅〟が始まった。国内外を訪ね、連載は約二十五年も続くことになる。その間の担当編集者は五人で、私はその最後の担当者である。

私が司馬さんにはじめてお目にかかったのは一九九〇（平成二）年暮れだった。司馬さんは主な小説は書き終え、連載は『この国のかたち』『風塵抄』『街道をゆく』の三本に絞られていた。私は東京から大阪に転勤して『街道』の担当者となり、最初の旅はどこだろうかとワクワクしていた。なにしろ前任者はイギリス、アイルランド、オランダの旅に同行している。しかし最初の旅は東京の本所深川と決まり、いささか落胆した。
しかし、その後に司馬さんに教えられた東京は、私がまったく知らない東京だったのである。

◇◇

『街道』シリーズはどう見ても関東に冷たい。近畿や四国、九州は隈なく歩き、東北、北海道にも熱心に行くのに、関東はほぼ空白地帯だった。連載の初期に「甲州街道」があるぐらいで、本格的に東京と向き合ったのは「赤坂散歩」がはじめになる。

「直木賞をとったころかな、ほんの一秒だけ、東京に住もうかと思ったことがある」

と、司馬さんがクスッと笑って言ったことがあった。大阪生まれの大阪育ちの司馬さんにとり、東京はアウェーだろう。ただし、司馬さんは私相手には標準語で、コテコテの大阪人の雰囲気は全くなく、むしろ東京は気に入っているようにも思えた。

しかし、書くのは慎重だった。赤坂、本所深川、神田を攻略し、本丸の本郷が仕上げとなった。旅に出る前に、司馬さんが新米の私に世間話のように指示をしてくれた。

「土木学者の宮村忠さんが深川っ子でね。鳶《とび》の頭やいかだ乗りの川並《かわなみ》さん、辰巳《たつみ》芸者にも詳しい。隅田川の屋形船に乗って、川から見た東京を見てみようか」

「神田の古本屋に高山本店という店がある。ご主人には僕の小説の資料をずっと集めてもらっていて、我が家の本棚のことは僕より詳しいんだよ」

本郷はよく歩いた。歩きながら司馬さんの話を聞くと、現代の風景が、明治や江戸時代に見えてくる。たとえば東大農学部辺りは水戸藩邸があり、そこに水戸黄門がいた。明治になって加賀藩邸跡に東大が誕生し、森鷗外が上京する。炭団《たどん》坂の上で子規が結核に驚いて発句し、坂下で樋口一葉が恋に悩む。

司馬さんが描いた明治の東京の主人公は、やはり夏目漱石だろう。漱石を通して現代の日本を考える司馬さんがいた。「本郷界隈」の終盤では漱石の『三四郎』がテーマとなっている。司馬さんが練りに練ったエンディングは懐かしく、いまも新しい。

司馬さんは一九九六年に世を去ったが、週刊朝日では、司馬さんの未公開講演録や手紙、数々の小説やエッセイをテーマにして連載を続けてきた。『街道をゆく』をテーマにした連載は二〇一二（平成二十四）年から二年ほど続けたもので、今回、地域別に文庫化することになった。さらに二〇二〇年から連載を再開する予定になっている。二〇二一年はメモリアルな年で、司馬さんが連載をはじめて半世紀を迎える。同行していたときは必死だったが、いま思えばあれほど贅沢な時間もなかった。まずは司馬さんの「東京」をお楽しみください。

二〇二〇年六月一日

週刊朝日編集部　村井重俊

本文中に登場する方々の所属・年齢等は取材当時のままで掲載しています。本文の執筆は村井重俊、太田サトル、守田直樹が、インタビューは山本朋史が、写真は小林修が担当しました。

司馬遼太郎の街道Ｉ　東京編●目次

司馬遼太郎の街道Ⅰ

東京編

幕末維新の終焉「赤坂散歩」の世界

海舟ゆかりの街

司馬さんの東京の定宿は港区虎ノ門の「ホテルオークラ」。一九八八（昭和六十三）年秋、司馬さんはまず、ホテルオークラとアメリカ大使館の間の「霊南坂《れいなんざか》」を下りていく。

〈いま塀のむこうにあるアメリカ大使館が、定火消《じょうびけし》の御役屋敷《おやくやしき》であったことを思ったりする〉（「赤坂散歩」『街道をゆく33白河・会津のみち、赤坂散歩』以下同）

霊南坂を下りると、「日本たばこ産業（JT）」のビルがある。鍋島《なべしま》藩邸があった所で、司馬さんはJTの屋上にのぼっている。

江戸初期には「桜田の池」と呼ばれ、対岸の土堤の松並木が美しかった景勝地の「溜《ため》池《いけ》」は、いまはビルの谷間にすぎない。

〈溜池のむこうにせりあがっているはずの赤坂台も、そばの高層ビルが視界をさえぎっているために、百数十年前の景観を網膜の奥で再現することができないのである〉

しかし司馬さんはくじけず、赤坂氷川《ひかわ》神社まで歩いた。氷川坂は路幅も距離も江戸時

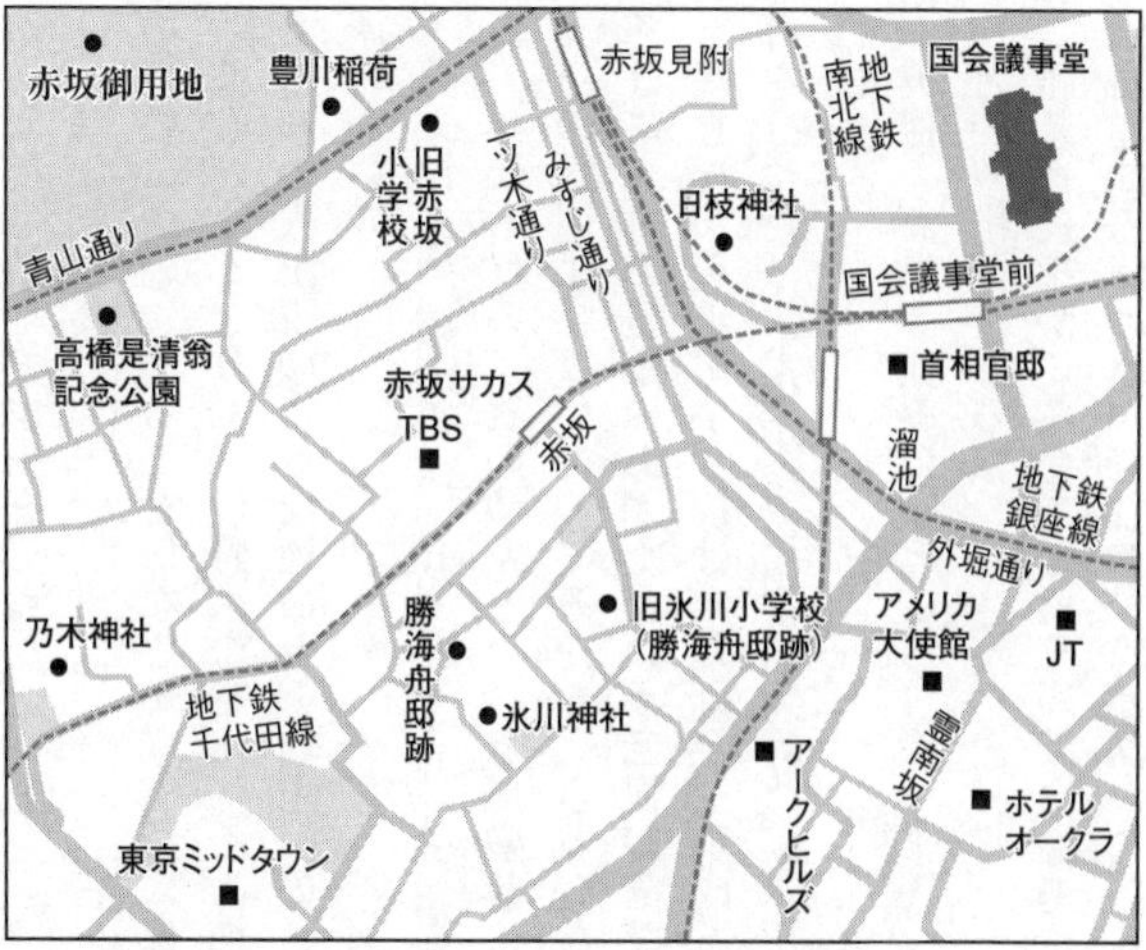

代と変わらない。

〈市中でありながら人も車もあまり通らず、佇《たたず》んでいると、江戸のむかしに帰ったような思いがする〉

紀州藩主だった徳川吉宗は八代将軍となり、武蔵国一宮の氷川神社（現・さいたま市大宮区）を赤坂に勧請《かんじょう》した。司馬さんは、社殿や境内がシンプルなことに注目している。

〈この簡素さが、倹約第一の吉宗の施政方針のあらわれだったとすれば、美的にもプラスに働いている〉

もともとこの地は、播州赤穂《ばんしゅうあこう》藩ゆかりの地でもあった。

「忠臣蔵」の浅野内匠頭長矩《たくみのかみながのり》が三十五歳で切腹したとき、妻の阿久里《あぐり》は二十八歳。瑤泉院《ようぜいいん》となり、実家の三次《みよし》浅野家の屋敷があったこの地で余生を送った。

〈芝居などでは、「南部坂雪の別れ」などということで、大石内蔵助《くらのすけ》が討入りの前にこの屋敷に会いにくることになるが、実際にはそういうことはなかったらしい〉

彼女が亡くなり三次浅野家も絶え、その地はやがて氷川神社となったという。

〈吉宗の太陽王のような運命と、瑤泉院のさびしい生涯を思うのに、この境内ほどの場所はない〉

幕末には、勝海舟（一八二三〜九九）が神社の近所にやってくる。一八七二（明治五）年から住み、終《つい》の棲家《すみか》となった屋敷跡には、氷川小学校が建てられた。

〈その氷川小学校に行ってみたが、きれいな化粧タイル張りの門を持った学校で、門のそばに海舟の屋敷にあったという老樹がそびえていた〉

残念ながら氷川小学校は一九九三（平成五）年に廃校となり、八十五年の歴史に終止符を打った。『氷川小学校閉校記念誌』（氷川の会編）の扉を開けると校歌があり、一番には、

「英傑　海舟　住みにしところ」

という歌詞がある。

「勝芳孝氏をかこんで」という座談会もあった。一九五三（昭和二十八）年に開かれ、海舟を知る赤坂氷川神社の神官が語っている。

「おつむが真白で、声はおだやかな方でお若く見えました」

海舟の曾孫《ひまご》の勝芳孝さんもいう。

「コンパス、晴雨計《せいう》、濾水器《ろすい》、エンジンなどのみやげが残っています」

海舟が咸臨丸《かんりんまる》に艦長として乗り込み、サンフランシスコへたどり着いたときのみやげ物だったようだ。

一八六〇（万延元）年、海舟はアメリカに派遣された。海舟の談話録『氷川清話』（講談社学術文庫）によると、出発直前、海舟は発熱していたという。

〈畳の上で犬死をするよりは、同じくなら軍艦の中で死ぬるがましだと思つたから、（略）妻にはちよつと品川まで船を見に行くといひ残して、向ふ鉢巻で直ぐ咸臨丸へ乗りこんだヨ〉

司馬さんの旅から二十五年後の秋、赤坂界隈《かいわい》を歩いた。記者と一緒に歩いてくれたのは咸臨丸の提督、木村摂津守芥舟《せっつのかみかいしゅう》（一八三〇～一九〇一）の子孫、宗像信子さん。次女清《せい》の曾孫にあたる。

「木村は勝さんの上司になるのですが、木村が三十一歳で、勝さんが七つも年上、実務経験も勝さんが上。やはりおもしろくなかったでしょうね」

信子さんの夫の善樹さんもいう。

「おまけに勝さんは船酔いがひどかったみたいなんです。船酔いしなかったのは、通訳のジョン万次郎、そして木村の従者だった福澤諭吉ぐらいだそうです」

若き海舟は能力が高すぎたのだろう。司馬さんは『「明治」という国家』（NHK出版）で海舟を高く評価しつつ、咸臨丸での摂津守との確執にふれている。

〈指揮は木村がとらねばなりませんが、木村は勝をたてようとする、勝はふてくされる〉

ついには太平洋の真ん中で、

「俺は帰るからボートを下ろせ」

とまでいったという。

摂津守は咸臨丸の費用も自腹で三千両を用意し、帰国したときは懐には二分銀もなかった。最後は勘定奉行となり、幕府の後始末をつけたあと、三十九歳で隠棲《いんせい》し、明治後は出仕を断っている。信子さんはいう。

「経済的に苦しくなったとき、福澤さんが助けてくれました。次男が海軍で地位を得、さすがに遠慮したいと申し上げると、『父上から受けたご恩に尽くしたいだけだ』と、烈火のごとく怒られた。生涯の恩として感じていただいたようですね」

摂津守は従者の福澤の才能を高く評価し、二人きりのときは五歳年下なのに「先生」と呼んだという。福澤はその感激を明治後も忘れなかったようだ。

宗像夫妻の友人、小林賢吾さんも一緒に歩いてくれた。三人は「咸臨丸子孫の会」のメンバーで、小林さんの先祖、濱口興右衛門も太平洋の荒波を横断した。

「会ができて二〇一四年で二十年、会員は約二百五十人ですね。咸臨丸を造ったオランダの工場も訪ね、サンフランシスコには二度行きました。〇五年には、アメリカ海軍のブルック大尉の曾孫さんにも会うことができました。ブルック大尉が実際には咸臨丸の往路の航海を指揮してくれました。この人がいなければ、船は沈み、いまの私たちはいませんよ」

　話を聞きながら、氷川神社下の海舟旧居跡に着いた。海舟は赤坂がお気に入りで、三軒の家に住んだ。一八五九（安政六）年から一八六八（明治元）年まで住んだ旧居跡には飲食店があり、碑と案内板が立てられている。「咸臨丸子孫の会」の三人とぼんやり眺めていると、

「ここに坂本龍馬も訪ねてきたんだろうねえ」

　と、突然声をかけられた。

「いや、私の家はこの辺ではけっこう古くて、勝さんよりは古いですよ」

三田芳彦さんという人で、格好はラフだが、物腰は由緒を感じさせる。一九三四（昭和九）年生まれだという。

「『江戸切絵図』に三田内記という旗本の家がありますが、それが私の先祖。ほら、家康公が青山常陸介忠成《ひたちのすけただなり》にいったでしょ、『馬で駆けまわれるぶんをそのほうの屋敷地と

せよ』。張り切って走り回ったのが青山の町のおこりだと。ウチはそこまでのランクじゃないけど、『竹矢来を組めるだけ組め、その土地をお前の物にせよ』といわれ、八百坪だか、千坪だかもらった。もっともらっておけばよかった（笑）」

現在の自宅兼商業ビルは、赤坂サカスのすぐそばにある。

「いまは百五十坪ぐらいで、妹がビルを経営しています。空襲で焼ける前は赤坂に二軒だけの洋館だったんですよ。TBSはもともと近衛第三連隊のあった場所で、軍人はよく見ました。東条英機が乃木神社に必勝祈願に行くのも見ましたよ」

焼け野原となった赤坂からは新橋のガード下がよく見えたという。

「終戦後、父が『日本でいちばん高いご飯を食べさせてやる』といったことがあります。満鉄の株を持ってたんですね。子ども一人につき現在の価値で一億円ぐらいを株券にしてたけど、紙切れになっちゃった。株券で火をおこしてご飯を炊いていましたよ」

咸臨丸の人々を三田さんに紹介した。摂津守の子孫の宗像信子さんがほほ笑んだ。

「先祖が江戸城で一緒になったこともあるかもしれませんね」

すると、三田さんが感極まった。

「世が世なら、面と向かってお話しできる立場じゃありません。なにせウチは慶喜公に付いてゆかず、赤坂に残ったんですから」

コンクリートの赤坂の町が、江戸城殿中に思えた瞬間だった。

天海と大岡裁き

赤坂の〝外側〟を走る外堀通りに、日枝《ひえ》神社の鳥居がそびえ立つ。三〇メートルほどの高さに本殿があり、二〇〇〇（平成十二）年からはエスカレーターで上ることもできる。

〈都心ながら山中の嵐気《らんき》を感ずる。祭神の厳々《いかいか》しさはさることながら、まわりの樹木の多さや、本殿、神門、回廊などの建物のよさにもよるのだろう〉（「赤坂散歩」以下同）

日枝神社の広報担当者がいう。

「江戸時代は溜池をのぞむ景勝地だったんですね。いまは高いビルに囲まれ、そのひとつのザ・キャピトルホテル東急の延長線上に、首相官邸があります。国会議事堂の裏手に真っすぐ伸びる道がもともとの参道。江戸時代は一の鳥居があり、天台宗の寺が並んでいました」

今も昔も参拝する政治家が多く、「官」の神社の雰囲気がある。

「日枝神社の山王祭《さんのうまつり》は江戸時代から神田祭とともに『天下祭』と呼ばれてきましたが、

こちらは『官』の祭りでした。幕府の威信をかけた祭事であり、乱暴狼藉は一切許さない。明治以降は皇室とのつながりが深まりました。ずっと『官社』として位置づけられてきたことになります」

明治の神仏分離令までは「山王権現《ごんげん》」と呼ばれた。神門をくぐると、翁《おきな》と媼《おうな》の姿をした一対の「神猿像《しんえん》」が出迎えてくれる。

〈伊勢神宮や出雲大社といった場合の神道的簡潔さとはちがい、いかにも〝山王権現〟といったふうの権現的（密教的）不可思議さがただよっている〉

「山王権現」には「山の神」という意味がある。天台宗の最澄《さいちょう》は比叡山に延暦寺をひらいたが、すでに比叡山は山岳信仰の聖地だった。そのため最澄は延暦寺を守る鎮守として、比叡山の麓の近江坂本に鎮座した日吉大社を「山王権現」として祀《まつ》った。

「社殿前にも狛犬のようなお猿さんの像があり、『まさる』といいます。魔が去るの意味ですね。比叡山は猿が多く、神様の使いとされた。坂本の日吉大社は京都を守る鬼門にあり、こちらも江戸城の裏鬼門を守る神社として幕府の庇護を受けました」

司馬さんは書いている。

〈叡山延暦寺と山王権現は、王城守護のための車の両輪だったといえる。

――江戸にも必要ではないか。

と考えたのは、僧天海《てんかい》であった〉

天海は百八歳まで生きたといわれる天台宗の僧侶で、徳川家康の晩年のブレーン。家康の死後も上野の東叡山《とうえいざん》寛永寺、日光東照宮を開き、発展させた。叡山に守られる京の都に対抗するため、江戸の寛永寺にも山王権現が必要だと、天海は考えたのだろう。しかし司馬さんは残念そうに続けている。

〈天海が、山王権現を壮麗にすることについて大いに関係《かかわ》ったはずなのだが、残念なことにその面での史料がない〉

鎌倉初期の秩父江戸氏、次いで室町中期の太田道灌が信仰し、さらに家康が引き継いだようだ。

「家康公は新田義貞公と血縁があると考え、尊敬されていた。義貞公の遺言に、『自分の子孫に天下を取る者あらば、必ずや山王権現をお祀りしろ』とあります。家康公が三河の地を離れて関東に入られたのは一五九〇年。江戸城内で山王権現を見つけ、やはり天下を狙えると、たいへん喜ばれ、あつく敬われたそうです」

歴代将軍の朱印状が残され、初代の家康が一五九一年にまず五石を山王権現に寄進し、二代秀忠が百石、三代家光からは六百石に急増している。秀忠、家光にも影響力を持つ天海の力があったのかもしれない。

〈この神社が、天台の思想によって、江戸という都市全体のゆゆしき権現だったことは、後世のわれわれも知っておいていいのではないか〉

と、司馬さんはまとめている。

赤坂界隈で「官」の代表が日枝神社なら、「民」の代表は青山通り沿いにある「豊川稲荷」だろう。

〈稲荷とはいえ、風変りなことに、寺なのである〉

妙厳寺《みょうごんじ》という曹洞宗の寺が本来の名前で、愛知県豊川市の豊川稲荷が本山になる。

〈この稲荷は、東海の武将たちから尊崇をうけた。そのなかに、駿河の今川義元、三河の徳川家康、尾張の織田信長といった日本史上の名もある〉

本尊は「吒枳尼真天《だきにしんてん》」という女神で、インドの鬼神、吒枳尼天《だきにてん》がもとになる。

〈空海がもたらした密教体系のなかに存在し、もとはインドの土俗の鬼霊で、六カ月前に人の死を知り、肝とか心臓とかを食う〉

「赤坂散歩」から『空海の風景』の作者らしい展開となる。

〈おそろしい存在ながらも、ひとたび法によってなだめれば行者を即身成仏させるという〉

豊川稲荷東京別院の知客《しか》、内田良光さんがいう。

「ただ名前をいただいているだけで、まったく別の神様です。ただ吒枳尼天のままだと、人をも食らうというのはどうなのかと、真の字を入れて『吒枳尼真天』という本尊になりました。赤坂の豊川稲荷の歴史は大岡越前守様にはじまりますね。大岡様も三河以来の旗本ですから、三河から豊川稲荷を屋敷神としてもってこられたことになります」

江戸の大スター、江戸町奉行の大岡越前守忠相（一六七七～一七五一）の話になった。

大岡家は家康の祖父の代から仕え、江戸に出て次第に石高を増やしてゆく。

八代将軍吉宗に能力を買われ、普請奉行、次いで町奉行となった。「大岡裁き」の伝説のはじまりで、実に十九年間に及んだ。『東京豊川沿革誌』（一九八七年）によれば、〈難裁判に当たった時など、お伺いをたてるかのようにじっと籠《こも》って静寂を得ると、夢枕に吒枳尼真天が立って霊示があった〉

とある。その後も寺社奉行などをつとめ、現役のまま、七十五歳で亡くなっている。幕府はそれに報い、七十二歳のときに一万石の大名にした。

信仰している豊川稲荷のおかげではないかと、庶民は思ったのだろう。屋敷神だった豊川稲荷はその後、徐々に開放され、参拝客を集めた。

〈（大岡）公の開運出世から芸道を業いにする人々の信仰も増えてきたのである〉（『東京豊川沿革誌』）

「大岡様はけっこう地味だったようですが、後世の伝わり方をみると、ある程度エンターテインメント的な要素をもたれ、人の気持ちを酌む方だったと思います。ここはそんなスターが集まる場所かもしれません」

豊川稲荷の境内にある赤い提灯《ちょうちん》には、東山紀之、堂本光一、堂本剛、滝沢秀明、今井翼と、ジャニーズオンパレード。そういえばいまの「大岡越前」（NHK・BSプレミアム）の忠相役は東山紀之である。やはり御利益があるのだろうか。

「確かにお参りされる方は、みなさん成功されます。ジャニーズさん、EXILEさん。はるな愛さんも、ニューハーフの世界大会に行く前にお願いに来て、優勝されました」

休み処の売店が三軒並び、なかでも一八七〇（明治三）年創業の「家元屋」が老舗。名物のいなり寿司はほんのり甘い。八十一歳の今も店を切り盛りする井上千代子さんはいう。

「うちのご先祖様がね、忠相様のお父様が江戸詰になるときに、『一緒に来てくれ』といわれて江戸に出たそうです。明治維新で浪人となり、お店をはじめた。家来衆のお店が何軒かできたけれど、戦争が終わって疎開先から帰ってきたのはウチのおばあちゃんだけだったんです」

豊川稲荷のご本尊も女神だが、家元屋も代々女性が主人で、千代子さんは四代目になる。

「娘も孫娘も手伝ってくれて助かります。今は忙しいときだと四百〜五百個ぐらい。昔は縁日の日にはね、門が開く前から参拝の方が待ってらっしゃるほど。おいなりさんも二千個以上出ました」

年中無休で、もちろん正月はかきいれどきとなる。

「ジャニーズの子たちがお参りに来て、ファンの子たちも来て大変だったけど、あまりにもファンが多くて数年前に中止になっちゃった。でもいまでも家族といらっしゃるスターがいて、おいなりさんを食べてくれますよ」

境内の大岡越前守忠相公御廟の周りには、絵馬があった。受験や結婚の願いごとがやはり多いが、

「ジャニーズ事務所から連絡がありますように」

というものもあった。忠相公、明日のスターを夢見る願いまで裁くのだろうか。

赤坂の偉人たち

散歩をすればおなかがすく。司馬さんは虎ノ門のそば店「砂場」に入った。待つ間、客を観察している。

〈みなソバにはうるさそうな人達だが、かといってソバで会社をつぶす心配はない。とはいいつつも、昼めしを食うというより数奇を食うという風韻で食っている〉(「赤坂散歩」以下同)

しかし、司馬さんを観察したほうがおもしろいかもしれない。

一九九一年秋、司馬さんは「砂場」でざるそばの大盛り二人前、天ぷらそばを一杯注文した。同行は夫人のみどりさんだけである。

もて余しているところへ感じのいい青年が横に座ったので、司馬さんがいった。

「恐縮ですが、注文しすぎて、よかったら食べていただけませんか」

青年は驚きつつも食べてくれた。

「僕は稚内《わっかない》から来ているんですが、よかったら食べていただけますか」

　と、代わりにホタテの貝柱をくれたという。冬に「オホーツク街道」の取材で稚内行きが決まっていた。

「オホーツクの人はいいね」

と、司馬さんはこの偶然を喜び、当時、記者にこの話をしたことがある。

　その「砂場」に行くと、ご主人の稲垣隆一さん（七六）がいう。

「司馬先生がいらっしゃったと、以前に女房がいっておりました。池波正太郎先生もお見えでしたね」

　箸袋に「大坂屋」とある。

「もともとは『砂場　いづみや』という名前です。大坂城を造る工事現場の『砂置き場』に、近江のお菓子屋が出した店で、いまのそばのスタイルではなく、まだせいろで蒸す『蒸しそば』でした」

繁盛ぶりは寛政年間の「摂津名所図会《せっつめいしょずえ》」に紹介されている。「砂場於万」と錦絵にもなった美女がお酌するなど、従業員が百人ほどもいる大型店。町人から、旅の武士、僧など、さまざまな人が出入りをした。

「身分に関係なく入れる店で、徳川家康公が情報を得るために、店を構えさせたという話もあります。大坂城は大工事でごったがえしていたでしょう。伊賀や甲賀、根来衆《ねごろしゅう》といった連中が入り込み、情報を家康公に流し込んでいたんじゃないかと」

うっかりそばも食えない〝情報センター〟だったようである。

「その功もあってか、大坂から江戸に移り、桜田門の近く（麴町《こうじまち》）に店を構えることができたといわれています」

幕府は滅んだが、二〇一三年十月現在で、「砂場」は関東を中心に百六十三軒もあるそうだ。

司馬さんは清水谷《しみずだに》公園にある上下水道の痕跡から、江戸の街づくりに腐心した家康、徳川政権に思いをめぐらせている。

〈近代的な上水道工事がはじまる明治二十四年まで、江戸幕府の余慶《よけい》によって明治政権は水を飲んでいた〉

明治の創業時のリーダー、大久保利通（一八三〇〜七八）も家康を尊敬し、「神君」と称《たた》えていた。

〈自分が敵として打倒した旧政権の開祖を真正面からほめてその知恵をまなぼうとするあたりに、大久保のふしぎな性格と、建設者としての性格と才能の秘密を嗅ぐことができるといっていい〉

と、『歴史のなかの邂逅6』（中公文庫）の「大久保利通」に書いている。とくに大久保が評価したのは、関ケ原の戦いで勝利した後の慎重さだった。その後に十五年もかけて豊臣氏を滅ぼした周到さが、明治政権にも必要だと考えていたのかもしれない。

〈明治初期政権は、当初は西郷隆盛の圧倒的な威望が特徴的で、ついでは大久保利通の史上まれともいうべき創業の才が印象的だったといえる〉（「赤坂散歩」以下同）

大久保と西郷は盟友だが、明治後は「征韓論」をめぐって意見が対立する。下野した西郷は一八七七（明治十）年に西南戦争を起こし、敗れて自刃する。一方、鎮圧に成功した大久保も、翌年五月十四日にいまの赤坂の清水谷公園近くで、不平士族に暗殺されてしまう。清水谷公園にはその哀悼碑がある。

「命を狙うという投げ文があったようですが気にせず、『護衛を付けなくても大丈夫だ』と意に介さなかったみたいですね。要人に護衛が付くようになったのは、この暗殺がきっかけだそうですよ」

と、大久保利通の曾孫にあたる、大久保利泰《としひろ》さん（七九）がいう。

「下野した西郷さんは『壊すのは俺の役割で、新しいものをつくり出すのは一蔵（利通）でないとできない』といったと聞いていますが、違う道は歩いてもお互いに信頼していたし、両者あってこその明治維新だとつくづく思います」

　大久保さんは横浜ゴムに勤務し、退職後は社団法人「霞《かすみ》会館」の理事、常務理事を経て二〇一三年六月から顧問に就いている。

「薩摩琵琶演奏家の鎌田薫水さんという方から、ぜひ『大久保利通』について曲を書き、墓前に奉納したいといわれました。今年（二〇一三年）は利通の没百三十五年にあたり、まず霞会館で記念の会を開きました。西郷さんはじめ、伊藤博文さん、岩倉具視《ともみ》さん等々、維新に関係があった方々のご子孫、親類はもちろん、多くの大久保のファンの方々約百七十名がお集まりくださり、たいへんありがたく嬉しかったです。そこで鎌田さんが新作『大久保利通』の初演を披露され、感激しましたね。霞会館は昔の華族会館ですから、徳川家の方々とも呉越同舟というか、かつての敵同士でも違和感なくごく自然にお目にかかり、お付き合いしています」

　大久保さんに高橋是修《これのぶ》さん（八四）を紹介していただいた。高橋是清（一八五四〜一九三六）の孫で、是清の娘が大久保家に嫁いだため、二人は親戚にあたる。「ダルマさん」と親しまれた是清は総理大臣にもなったが、なんといっても財政のプロで、大蔵大臣を六度も務めている。最後になったのは一九三四（昭和九）年の岡田啓介内閣で、是清は八十歳だった。

〈健全財政主義者で、軍部の要求する予算をつねに削った。昭和十一（一九三六）年、そのために、いわゆる〝決起将校〟の兇弾《きょうだん》にたおれた。二・二六事件である〉

高橋是修さんが当時を振り返る。

「七歳でした。鎌倉にいて、朝起きたら非常に騒がしくて、父と母が慌てて東京に戻ったことを覚えています。子供ながらにショックで、『おじいちゃんのかたきをとるんだ』と、いっていたみたいですね」

いいおじいちゃんだったようだ。

「祖父は子供好きで、孫たちがいつも取り囲んでいました。膝の上にのせてもらったり、お菓子をもらったり。ひげがあたって痛かったことを覚えています」

高橋家の子孫の中で、「是」の字がつくのは是修さんだけだという。

「私も違う字になる予定でしたが、祖父が『自分の名前を一人ぐらい付けてくれてもいいじゃないか』といって、自分で辞書で調べて決めたそうですよ」

同じ字のためか、是修さんの人生も是清同様、〝国際派〟である。

慶應大学工学部を卒業後、一九五二（昭和二十七）年、オハイオ州の大学に留学した。

「仕送りなしで、片道切符です。へばりそうになったときに、祖父よりはマシかと（笑）。祖父はやはりアメリカに留学していますが、実は奴隷として売られ、はい上がるのに大苦労をしたわけですから」

大学での研究を生かし、アメリカでIBMに入社。IBMの日本進出で帰国した。退職後はIT企業数社の役員をつとめ、七十歳で腕時計ブランドのスウォッチグループの日本支社の代表を頼まれている。

「ワイフ孝行でもしようと思っていたのですが、『お前さんやらないか』と(笑)。五年勤めました」

是清同様、長く頼りにされてきた人生のようだ。

司馬さんは是清が好きなのだろう。正岡子規の英語教師として、『坂の上の雲』などにも登場させている。「赤坂散歩」ではカナダ大使館隣の「高橋是清翁記念公園」に立ち寄っている。ここにかつて高橋邸があり、二・二六事件の舞台になった。樹林の奥に入ると、石段が十段ほどある土壇があった。

〈羽織袴の小さな老人が腰をおろしてすわっていた。むろん、銅像である。(略)銅像をみて、ただ一つ感じ入ったのは、手に書類をもっていることだった〉

書類はその実直な生涯の象徴と、司馬さんはまとめている。

余談の余談❶

バブル下の東京を〝土木オタク〟がゆく

浅井　聡

東京は街全体がいつも工事中だが、とりわけ「赤坂散歩」は日本がバブルの絶頂に駆け上がろうかという時期の取材だったから、再開発の槌音《つちおと》が絶え間なく響いていた。「東京は、いつも掘っているな」「それにしても日本は土工の国だな」とつぶやきつつ、司馬さんはソバ屋に向けて歩く。

かくいう司馬さん自身、栃木の戦車部隊にいたときに大穴を掘ったことがあって、「あまりばかばかしいからこのとき家内に打ちあけなかったが、気持がよかったことが、いまでも思い出せる」と〝土工好き〟を告白している（「ソバと穴」の章）。

司馬さんが亡くなった後、『「司馬遼太郎・街道をゆく」エッセンス&インデックス』が編まれることになったとき、担当した編集者は『街道をゆく』四十三巻を通読して、「人工の建造物への凝りようが半端じゃない」という第一印象を持ったそうだ。で、土木を含む「建築索引」が立てられることになった。索引を一見すれば、例えば石垣に限っても穴太築《あのうづ》き、岩座積《がんぎづ》み、野面《のづら》積み、笑い積み、と項目が並んでいるし、城を訪ねて石垣の積み方に言及していないほうがまれなことがわかる。

治水はさらに大きなテーマだった。河川工学が専門の宮村忠氏は、運河や灌漑《かんがい》設備について司馬さんからしょっちゅう問い合わせの電話があって、つねづね「土木は生活、歴史の基本」と聞かされていたと明かしている（アエラムック『司馬遼太郎がわかる。』）。

赤坂界隈《かいわい》は、歩いてみると都心という印象が裏切られるほどに起伏に富む。洪積層と沖積層がちょうどせめぎ合う場所で、ある時期までは波打ちぎわだったという。掘ったり埋めたり均《なら》したり、低湿地をおしゃれな街に変えてきた無数の人々の太古からの営みが、赤坂を歩く司馬さんの目には映っていたに違いない。

隅田川と落語　「本所深川散歩」の世界

隅田川で考えた江戸、東京

『街道をゆく』で、司馬さんが東京をテーマにしたのはまず「赤坂散歩」だった。一九八八（昭和六十三）年のことで、その冒頭に、

〈本所《ほんじょ》・深川《ふかがわ》などは風土性がつよすぎて、にわかには手におえない〉

と、書いている。

「本所深川」の風土性には、司馬さんは苦労したようだ。隅田川の川下り、筏《いかだ》仕事のベテラン「川並《かわなみ》」、江戸時代を思わせる「鳶《とび》の頭《かしら》」、わずかに生き残る「辰巳《たつみ》芸者」と、取材を重ねても、司馬さんは浮かない顔だった。

「やめようか」

といいださないか、新米担当者は取材当時からビクビクしていた。実際にいいだしたこともあったが、そんな司馬さんの表情を明るくさせたのは「落語」である。

現実の本所深川はどこにでもある下町かもしれないが、落語を補助線にすれば、生き生きした江戸や戦前の東京がよみがえる。

吾妻《あづま》橋で右往左往する「文七元結《ぶんしちもつとい》」の左官の長兵衛さん、「大山詣《おおやままい》り」で大芝居をうつ熊さん、「阪東《ばんどう》お彦《ひこ》」で仲人役をつとめる鳶の頭……。落語の登場人物たちこそ、司馬さんを本所深川に誘《いざな》う、大切なパイロットだった。

川並と祭り

父方の先祖が播州、母方が奈良県の司馬さん。生まれは大阪市浪速《なにわ》区である。小学校から大学までずっと大阪で、新聞記者時代も関西勤務、小説家になってからも大阪を離れることはなかった。東京が舞台の小説はいくつも書いているものの、司馬さん個人としては東京に縁がない。

「直木賞をもらったとき、これは東京で暮らしたほうがいいのかなと思ったことがあったけど、ほんの一瞬だったね」

と、司馬さんが意外と真面目な顔で話していたことがあった。冗談だったのか、本気の話だったのか、いまとなってみればわからない。

そんな司馬さんが「本所深川」を取材することに決めたのは一九九〇（平成二）年の春だった。

〈とりあえず江戸っ子の産地じゃないか、とおもったのだが、本当にそうなのかどうか〉（「本所深川散歩」『街道をゆく36本所深川散歩、神田界隈』以下同）

ちょっと心配になった司馬さん、

「本所深川が、江戸っ子の産地ですか」

と、浅草生まれの人に聞くと、

「はてね」

と、首をかしげられた。

山の手生まれの人は、

「隅田川の東（本所深川）というのは、気分として遠くてね」

と、こちらも冷たい。

〈そんなふうだったから、他国者の当方としては、ついこの地に肩入れしてみたくなった〉

と、司馬さんは「本所深川」贔屓《びいき》を宣言している。

まずは冒頭で、司馬さんは深川の土地柄、特殊性を説明している。

江戸は、材木の大消費地だった。江戸城が増改築され、大名屋敷ができあがる。人口は急増し、商人たちが店を開き、寺も建つ。

木材はいくらあっても足りず、おまけに火事が多かった。材木問屋は自然と儲かっていく。木場《きば》（貯木場）は最初は日本橋にあったが、やがて深川に移される。

〈近代以前では材木問屋は巨大資本というべきものだったから、その根拠地である深川

という土地の存在は大きかった〉

お金が動くと、色町ができあがり、芸者衆たちが集まる。男勝りのおきゃんな芸者衆は羽織で決め、

「辰巳芸者」

などと呼ばれた。

木場で働く男たちは腕を磨きつつ、男を磨く。木場独特の仕事で、

「川並」

という仕事もあった。

〈「川並」

というのは筏師《いかだし》のことである〉

筏に乗って材木を運んだり、管理する仕事だが、いまはこの仕事はない。七〇年代半ばまでに深川の木場が新木場に移された。さらには原木を輸入することが絶え、新木場からも木材は消えた。かつて川並たちが活躍した木場はいま、広大な木場公園となっている。

司馬さんが取材した九〇年も、川並ということばは〝死語〟になろうとしていたが、旅に同行してくれた知人の宮村忠さんがいった。

「川並について詳しい人がいます。ご紹介しましょうか」

宮村さんは深川生まれである。

〈宮村忠氏は、代々の深川人で、本所深川をこのうえなく愛している。土木工学の先生（関東学院大工学部教授）である。私とのつきあいは、十数年になる〉

宮村さんが紹介してくれたのは、一九二四（大正十三）年三月生まれの川上恒夫さん。父親が製材屋に生まれて川並になり、その後を継いだという。川上さんはいった。

「私は、明治小学校の出です」

司馬さんは笑顔になった。

〈江戸の風《ふう》は、所《ところ》自慢なのである〉

川上さんがさらにいった。

「下町の学習院といわれていましたよ。あのころの深川の小学生といや、みな着物を着てたもんだが、明治小学校はなにしろ洋服着てたからね」

ここで、司馬さんが我慢できなくなってしまった。司馬さんは川上さんと同じ学齢である。

「私は大阪で、それも場末のつまらない小学校でしたが、明治小学校みたいにみな服でした。それがふつうでしたよ」

川上さんはつまらなそうな顔をしたが、反論はしなかった。

〈「なにしろ、木場の旦那衆の子がきていたからね」

唄はしまいまで聴け、というふうで、いかにも江戸風であった〉

◇　◇

そんな司馬さんの取材から二十四年後の二〇一四年夏、日曜日の木場公園のプールに行くと、「木場角乗《かくのり》保存会」（川藤健司会長）の人たちが集まっていた。小学生や中・高校生、大学生たちが水に浮かべた角材の上に器用に乗り、回しつつ、前進したり、バックしたり。ときどき水しぶきを上げて落ちる子もいるが、夏の暑さのため、かえってうれしそうだ。

演技を指導する大人が何人かいて、その一人が保存会の副会長、加藤元一さん（六六）だった。

「一年でもやると、やっぱり違います。次の年来なくて、その次の年に来てもできる。体が覚えちゃう。あの女の子なんか、中学生のときに覚えて、いまは大学出て就職したけど、まだやってます。下駄はいて角乗りして、逆立ちもできるんですよ」

加藤さんは初心者から上級者まで、レベルに応じて懇切丁寧に教え、ときには自分で手本も見せる。さすがに足の先まで神経が行き届いていて見事なものだが、やがて加藤さんの姿が角材の上から消え、派手な水しぶきが上がる。〝師匠〟の落下に子どもたちは大喜びで、加藤さんが苦笑しながら上がってきた。

「若いころは何も考えないで乗ってたんだけど、さすがにいまはそうはいかない。何年ぶりかで落ちましたよ（笑）」

木場角乗保存会の会員は二十九人。子どもたちは数に入っておらず、やる気さえあれば、だれでも参加できる。

「川並はいなくなったけれど、その技術を維持継承するために、やりたい人を公募し、毎週日曜に練習しようということで始まった会なんです。川並の経験があるのは会長含めて三人ですね。私は先祖がずっと川並で、女房の祖父《じい》さんも義父も川並だったから、抜けるに抜けられない（笑）」

五代前から川並だという。

「祖父の忠次郎が、二代目の木場角乗保存会の会長です。祖父さんにくっついて、中学のときからあっちの掘割《ほりわり》、こっちの掘割と行ってました。一般の人は道路を歩くけど、川並は掘割が〝道路〟みたいなもんで、掘割を渡っていく。木場公園なんか掘割だらけでした。あまりにも身近な仕事で、川並になりたいとは思わなかったけれど、自然に筏屋になってましたね。十年ほどやり、新木場に行くことが決まってやめました」

角乗りに負けず劣らず情熱を傾けているのが、富岡八幡宮《とみおかはちまんぐう》の例祭「深川八幡祭り」。八月十五日を中心に行われ、「水かけ祭り」ともいわれる。

「祭りはやっぱり好きですよ。子どものころから山車《だし》にくっついて歩き、子供神輿《みこし》を担ぎ、そこから大人神輿に行きたいけれど、なかなか行けない狭間の気持ちをまだ覚えています。勇気を出してやっと取り付いた瞬間の喜びね、小六とか中一でしたかね、いまも思い出しますね。昔はもっと荒かったからね」

司馬さんも「本所深川散歩」で富岡八幡宮を歩いている。江戸時代から、祭りと勧進《かんじん》相撲でにぎわったことに触れている。

〈深川は、住民にとって一つの縄張《しま》なのである。そのしまの象徴が、この八幡宮だし、その祭礼が、しま誇りの爆発であるといっていい〉

加藤さんは木場三丁目の祭りの総代だという。

「祭りって一年を通して月例会をやって当日を迎え、終われば終わったで神輿の手入れ、片付け。後日の『鉢洗《はちあら》い』の集まりで、神輿が真っすぐ上がったの、上がんなかったのとやってます。木場はいまはマンションが多くて、神輿の担ぎ手には希望が持てますね」

司馬さんは富岡八幡宮ゆかりの落語「富久《とみきゅう》」を紹介している。富岡八幡宮は江戸幕府の庇護が厚く、しばしば富（富くじ）を催している。落ちぶれた幇間《たいこもち》の久蔵が主人公の噺《はなし》で、富岡八幡宮を歩いているとき、この噺を思い出していたようだ。

〈境内を歩いていると、心が何やら薄ぼんやり霞んできて、大相撲のどよめきやら、富が突かれるときの静まりやらがよみがえってくる〉

江戸と現代をむすぶ、よすがを探す司馬さんだった。

江戸っ子気分

実際に江戸時代を感じられる場所はなかなかない。

〈本所深川といっても、ひとびとのにおいは落語で味わうか、まちの情趣は芝居の書割《かきわり》なんぞで想像するしかなく、現実はどうもただの下町にすぎない〉（「本所深川散歩」以下同）

そうは思いつつ、一九九〇（平成二）年五月下旬、司馬さんは江東区白河一丁目辺りを歩いた。

ここに霊巌寺《れいがんじ》がある。江戸初期の創建で、かつては霊岸島（現・中央区新川）にあったが、明暦の大火（一六五七年）によって延焼し、現在の場所に移った。「寛政の改革」を主導した老中首座、白河藩主松平定信の墓があり、そのためその辺りは白河と呼ばれている。その霊巌寺のすぐ近くには「深川江戸資料館」があり、江戸時代の深川の町並みが再現されている。

〈舂米屋《つきまい》とその土蔵、八百屋、船宿から、各種の長屋もある。火の見櫓《やぐら》もそびえており、

また掘割には猪牙舟《ちょきぶね》もうかんでいる〉

司馬さんは落語の「文七元結」を考えながら、資料館を眺めていたようだ。

〈『文七元結』のなかの左官の長兵衛さんは本所の長屋に住んでいる。その住まいの長屋を想像するには、深川江戸資料館に行って適当なものを見つくろえばいい〉

腕のいい左官の長兵衛だが、経済観念がまるでない。

〈あちこちの賭場をうろついては裸にされている。どうも江戸では、戦後文士のような破滅型の名人たちが、一種の尊敬をうけていたらしく思える〉

そんな長兵衛の借金五十両を返すため、器量よしのひとり娘が吉原の大店《おおだな》に行き、女将《おかみ》に身を売る相談をする。

驚いた女将は長兵衛に説教しつつ、ともかく五十両を貸す。

期限までに返さなければ娘は店に出しますよ、心を入れ替えなさいといわれ、長兵衛は恐縮しつつも一杯飲み、吾妻橋を渡る。ここで身投げしようとしていた文七に出会う。べっこう問屋に奉公していて、五十両をすられたという。

長兵衛は江戸っ子の典型なのである。文七を見捨てることができない。ただし五十両は惜しい。

「くれてやる」

といいかけては逡巡すると、文七が身投げしようとする。明治の落語家、三遊亭円《えん》朝《ちょう》（一八三九～一九〇〇）がまとめた作品で、結局、すられたと思った五十両が出てきて、文七は長兵衛の娘とめでたく結ばれる。

その間、派手な夫婦げんかがあったり、文七が主人と一緒にお礼に来たり、吉原に預けられた娘が駕籠《かご》に乗って帰ってきたりと、さまざまな場面で〝長屋〟が登場する。

〈くりかえしいうが、長屋の様子は深川江戸資料館に行って想像すればいい〉

いまももちろん、深川江戸資料館は健在だ。司馬さんの取材から四半世紀がたっているため、ますます江戸の気分を味わえる、数少ない場所となっている。

司馬ファンで知られる落語家の柳家小満《こま》ん師匠は、この資料館に友人と二人で行ったことがある。二人とも着物姿だった。

「あそこは再現された江戸時代の長屋があって、上がることができるでしょ。二人で上がって、仏壇をチーンとやって、長火鉢に当たるような感じでぼんやりいたら、見学に来た人にウワーッと驚かれてね（笑）。生きている人まで展示しているとは思わなかったみたいだね」

深川江戸資料館は二〇一四年で開館二十八年を迎えた。年間十万人ほどの入館者があり、最近は外国人の来館者も多い。解説をするボランティアの人が百十一人もいるが、英語はもちろん中国語やフランス語ができる人もいるという。名物の町並みは、地下一階から地上二階まで、三層にわたる吹き抜けの空間になっている。資料館の松本智恵さんがいう。

「仮想の空間ではなくて、天保年間の深川佐賀町ですね。水野忠邦の時代の町を想定復元しています。毎回十五分ずつで昼と夜が入れ替わり、夜が明けると鶏が鳴いたり、夏には雷が鳴ったり、雪の雰囲気を出したり。演出は、季節ごとに変えていますね」

ボランティア解説員の小島道子さんは一九三〇（昭和五）年生まれで、深川にずっと住んでいる。

「再現された佐賀町には、魚油《ぎょゆ》を扱う問屋があるんです。といっても子供たちは、『魚油って何？』『わかんない』っていうんです。『魚の油よ。何に使うかわかる？』って聞くと、やっぱりわかんない。それで『行灯《あんどん》に使うの。だから猫が舐めるのよ』というと、納得するの（笑）」

小島さんの家は清澄《きよすみ》庭園の近くで、薬屋を営んでいる。東京市の市営住宅だったという。

「築八十五年で、昭和二十八年に東京都から買いました。鉄筋コンクリートなんで、戦前の家賃は高くて大変でしたね。昔はね、あちこちに掘割があって、深川は舟がけっこう便利でした。月島から聖路加国際病院まで行く舟もありましたね。私も子供ができたときに、月に一回、聖路加まで通いました。十五分おきぐらいで、タダ。隅田川を渡るからいい気持ちでね。その子供ももう六十歳だからね（笑）」

小島さんは資料館の「火の見櫓」が気にいっている。三丈二尺（約一〇メートル）の高さがある。

「立派でしょ。深川には材木屋さんがいっぱいあったからこんな立派なのができたのよと、いってます。民間の火消しの、鳶の方がいるでしょ。平野とか清澄二丁目あたりを鳶の方が火の用心で回っていましたね。あと、お正月の飾りつけも鳶の方たちが仕切ってましたね」

◇　◇

司馬さんも鳶の頭に会っている。

知人の深川っ子、土木学者の宮村忠さんがいってくれた。

「頭の所へご案内しましょう」

司馬さんは驚いたようだ。

〈江戸の町方における鳶の頭というだけでもロマンティックな思いがするのに、いまなお頭がいるというのは、奇跡のような感じがしないでもない〉

こうして永代《えいたい》一丁目の頭を訪ねることになった。一九〇六（明治三十九）年生まれの大川銀作さんで、当時八十四歳。屋号は「相金《あいきん》」で、格子戸を開けると、土間の奥に、「一番」と書かれた纏《まとい》が置かれている。

すっきりとしたあぐらをかいていた大川さんは、司馬さんに挨拶を終えると、姿のいいあぐらにもどった。

〈頭を剃《そ》りあげているせいか、絵巻物のなかの法然さんのようにもみえる。品がよくて、おだやかな顔である〉

半纏《はんてん》を羽織りながら、

「これは、警視庁からのおわたりなんです」

といった言葉が印象的だった。

「ああ、大川さんね。大川さんが亡くなってから、富岡八幡宮の祭礼の鳶の仕事は私が引き継がせてもらっています」

というのは、中央区新川の山口政五郎さん。一九三一（昭和六）年生まれで、鳶職についての生き字引。『とんびの独言《ひとりごと》』（一九九六年、角川書店）という本も書いた。政五郎さんも頭で、「鳶頭《かしら》」と書く。三代続く鳶頭で、本では父の重次郎さんを生き生きと描いている。

「うちの親父は、本当に火事というか鳶が好きで、もう好きで好きでやってる人で、ほかの事は何にも考えないって言ってもいいほどの人だった」

冬で乾燥している日など、重次郎さんはいったという。

「政（五郎）、今夜あたり、こりゃーアレだぞ、ガーっとなったらかなり燃えちゃうぞ」

そんな父親から「英才教育」を受けて育った政五郎さんである。

「江戸時代から、鳶頭は町の火消しであり、何でも屋さんだね。家を建てるとき、基礎は石屋の太郎兵衛がいいとか、大工は熊さんに頼もうとか、そのつなぎをやる。祭礼、冠婚葬祭ね。縁談などの相談事も引き受ける。『ひ』と『し』ですね。町火消しの『ひ』、仕事師の『し』。つまり町内のコーディネートをずっとやってきたわけですよ」

司馬さんはまとめている。

〈頭というのは、たとえばカトリック国における村の神父さんのような役割にも似ている〉

その教義は、一肌《ひとはだ》脱ぐという俠気《おとこぎ》と義理人情であったと、司馬さんは結んだ。もっともこのくだりを政五郎さんに読んでもらうと、

「神父じゃないよ」

と、苦笑した。

大川に恋した人

本所深川の旅（一九九〇年六月）では屋形船を貸し切っている。〈趣向としては隅田川をさかのぼって千住《せんじゅ》大橋までゆき、あと、橋々をながめつつ流れをくだろうというものだった〉（「本所深川散歩」以下同）

水先案内人（パイロット）は深川っ子の関東学院大学の教授（当時）、宮村忠さんである。

〈宮村さんは、専門が土木工学だけに、川がすきである。さらには本所深川人だけに、隅田川を母のようにおもっている〉

言問《こととい》、吾妻《あづま》、駒形《こまがた》、厩《うまや》、蔵前《くらまえ》、両国、新大橋、清洲《きよす》、永代《えいたい》、相生《あいおい》。隅田川にかかる十大橋梁の下を、司馬さんたちを乗せた船は進む。

〈水が、漲《みなぎ》ってながれてゆく。（略）川の上はしずかで、両岸の熱鬧《ねっとう》がうそのように思える〉

宮村さんはいった。

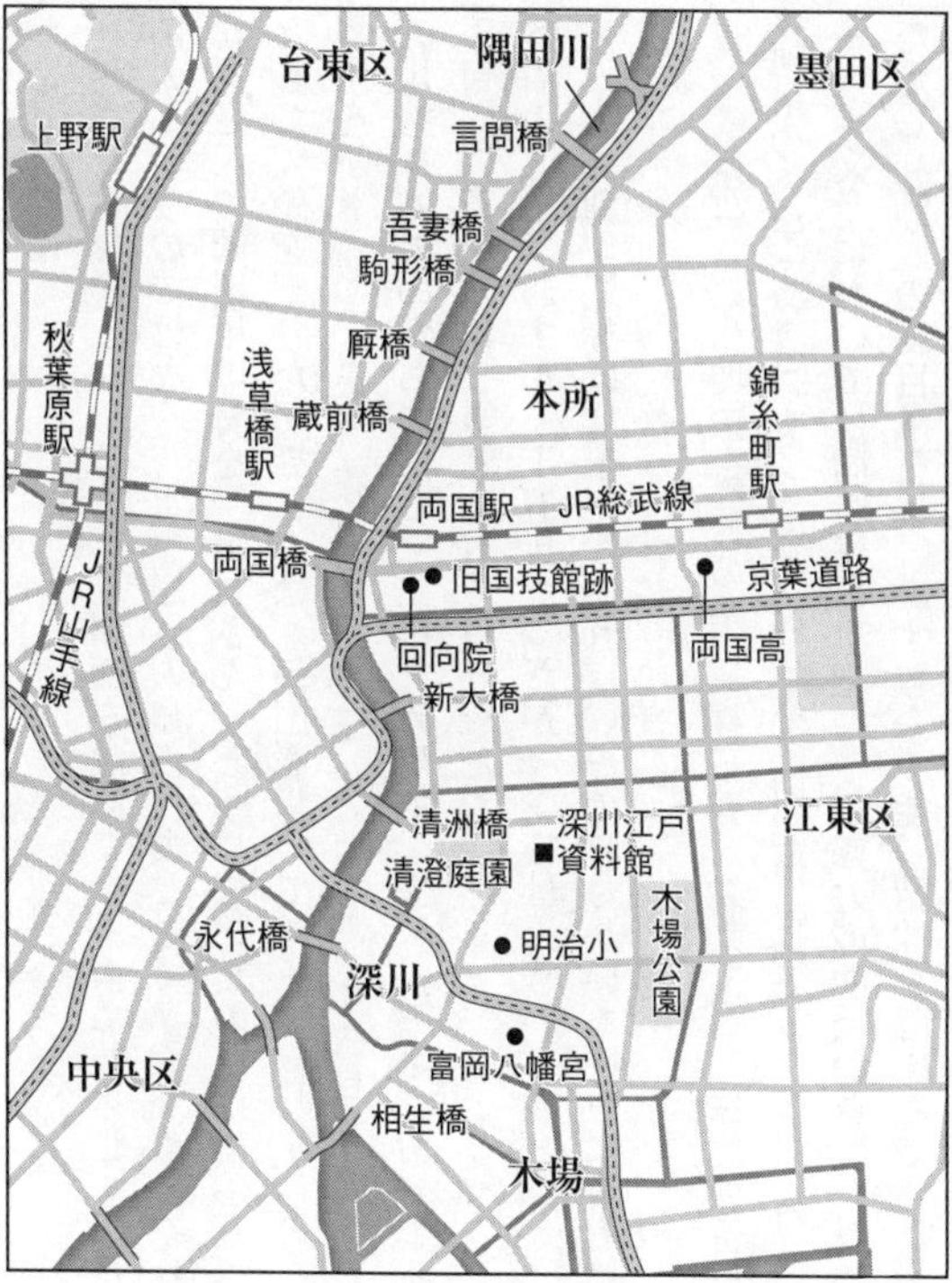
台東区
隅田川
墨田区
上野駅
言問橋
吾妻橋
駒形橋
秋葉原駅
厩橋
浅草橋駅
蔵前橋
本所
錦糸町駅
両国駅
JR総武線
両国橋
旧国技館跡
京葉道路
JR山手線
回向院
両国高
新大橋
江東区
清洲橋
深川江戸資料館
清澄庭園
木場公園
永代橋
明治小
深川
富岡八幡宮
中央区
相生橋
木場

「橋は、いいですね。とくに隅田川の橋はいいですね。どの橋を見ていても、倦《あ》きることがありません」

司馬さんは橋の上からぼんやり川面を眺めている人に注目していた。

〈閑人《ひまじん》というのではなく、水を恋う人類の代表として、ながめてくれているのである〉

司馬さんの隅田川取材を、宮村さんがどう見ていたのかは三〇八ページをご覧いただくとして、船を下りた司馬さんは、両国を歩いている。

〈界隈を歩きつつ、(略) 芥川龍之介 (一八九二～一九二七) のことなどをおもった。芥川も、本所の育ちである。生後九カ月で、生母の実家である本所小泉町 (現・両国三丁目) の芥川家にひきとられて養われた〉

芥川の人生はわずか三十五年だったが、業績は大きい。

〈そのうち創作期をほぼ十年とすれば、そのみじかいあいだに百五篇もの作品を書きのこした〉

「鼻」「芋粥」「羅生門」「蜘蛛の糸」「杜子春」「藪の中」「侏儒《じゅじゅ》の言葉」「河童」「歯車」「或阿呆の一生」など、多くの作品が人々の記憶に残っているだろう。

〈構成・文章においては同時代に卓越し、想像力のゆたかさにいたっては比類がない〉

ただし、師匠の夏目漱石は鋭敏すぎる才能、精神を危ぶんでいたようだ。芥川の「漱石山房の冬」には、漱石の忠告が記されている。

〈慎むべきものは濫作である。先生はそんな話をした後、「君はまだ年が若いから、そう云う危険などは考えていまい。それを僕が君の代りに考えて見るとすればだね」と云った。わたしは今でもその時の先生の微笑を覚えている。（略）しかし先生の訓戒には忠だったと云い切る自信を持たない〉

幼い芥川の暮らした家は、現在の京葉道路に面した一角にあった。いまは看板が立つばかりである。

京葉道路を真っすぐ進めば、隅田川に架かる両国橋。歩けば十分ほどの距離で、府立第三中学（現・両国高校）を卒業するまでほぼ毎日、大川（隅田川）を見て過ごしたという。大川への思いを綴ったエッセーとしては「大川の水」がある。

〈自分の住んでいる世界から遠ざかって、なつかしい思慕と追憶との国にはいるような心もちがした。此心《このこころ》もちの為に、此慰安と寂寥とを味い得るが為に自分は何よりも大川の水を愛するのである〉

さらに芥川は記している。

〈「東京」のにおいを問う人があるならば、自分は大川の水のにおいと答えるのに何の躊躇もしないであろう〉

芥川家のほぼ斜め向かいには旧国技館があった。現在は高層の都民住宅と商業施設が立つ近代的な一角だが、敷地の地面の一部が丸く縁どられ、ここに土俵があったことを示している。その旧国技館、もとは浄土宗回向《えこう》院の敷地内にあった。回向院の副住職、本多将敬さん（三八）がいう。

「司馬さんが来られたころから、山門から見た感じはほとんど変わっていないと思います。司馬さんには祖父がお会いしているはずですね」

旧国技館があった場所は、もともと私塾から発展した「江東学校」があった。幼稚園と小学校、女学校を兼ねた校舎があったそうだ。

「『えひがしがっこう』と読むことが多かったようです。芥川龍之介さんも通っていました」

回向院の境内にはイチョウの大木が枝を広げている。芥川龍之介の自伝的小説「大導寺信輔の半生」にも登場している。主人公の信輔は成績はいいが、体は丈夫ではない。ただし、負けず嫌いで友達によく「挑戦」した。イチョウの木も挑戦の場になったようだ。

〈或時は回向院の大銀杏《いちょう》へ梯子《はしご》もかけずに登ることだった。或時は又彼等の一人と殴り合いの喧嘩《けんか》をすることだった〉

回向院の境内では、江戸時代から相撲が開催されていた。

「春と秋、晴天十日間という形式です。境内に大きな小屋を建てて、いわゆる『回向院相撲』が行われていました。今の大相撲のさきがけですね。これが好評で旧国技館が造られることになりました」

東京大空襲でも焼け残った旧国技館だったが、進駐軍に接収された。

「接収解除された後に、日大が買い取り、敷地も回向院から離れました。建物は日大の講堂として使われ、昭和の終わりまで、吹奏楽部がよく練習していたのを覚えています」

さらに回向院の歴史をさかのぼってみると、開創は一六五七（明暦三）年になる。明暦の大火が原因で、十万人を超える死者が出た。これをきっかけにして、江戸の防災への取り組みが進んだ。上野広小路など火除地《ひよけち》がつくられ、両国橋や永代橋が架けられ、結果として本所深川の市街地化が進んだ。

回向院は当時、「諸宗山無縁寺」と呼ばれた。

「DNA鑑定もできませんから、多くの人々が無縁仏となり、それを弔うのが回向院のスタートとなりました。安政の大地震や浅間山の大噴火、天明の大飢饉、明治後も関東大震災や東京大空襲の犠牲者、さらには牢死者も弔ってきました」

人間だけではなく、動物たちも弔われている。かつての軍用犬や軍馬、実験動物、さらにはペットたちも回向院で供養されている。

〈回向院は、明暦三年の大火以来、この街が生みだすすべての無縁の死者が葬られるようになった〉（「本所深川散歩」以下同）

墓所のなか、ひときわ目立つ墓がある。

江戸の大泥棒、鼠小僧次郎吉のものである。江戸時代の記録によると、十年にわたり九十九の武家屋敷に侵入、三千両あまりを盗んだ。

〈盗んだ金は飲み食いや遊興につかったといい、その後にあらわれる講談・戯曲にあるような、貧民にわかちあたえたという形跡はない〉

芥川龍之介は大阪毎日新聞の社員として「本所両国」（一九二七年）を書き、回向院を歩いている。鼠小僧次郎吉の墓も見ているが、境内に「膃肭《おっと》臍《せい》供養塔」が立っていたことのほうに驚き、

〈僕はぼんやりこの石碑を見上げ、何かその奥の鼠小僧の墓に同情しない訳には行かなかった〉

と書いている。

鼠小僧の墓前に、小さな石が「前立」として建てられている。鼠小僧にあやかりたい人が、この前立の石を削っていくという。

「泥棒が来るわけではありませんよ。もともと歌舞伎の興行の成功を祈り、大成功したお礼に削るための前立が建てられました。役者さんや商売繁盛を願う人、ジャンボ宝くじの時期も多いですね。お正月には、鼠小僧のようにすり抜けようと、受験生も削りにきます」

と、本多さんはいっていた。

大川の水を愛した芥川だったが、一九一〇（明治四十三）年の大水害で浸水被害にあい、内藤新宿に引っ越すことになる。

〈本所は芥川にとって、思い出だけのまちになった〉（「本所深川散歩」）

司馬さんが本所深川を歩いた日々も思い出になろうとしている。当時、宮村さんは相撲好きの司馬さんに残念そうにいっていた。

「ちかごろのお相撲さんに、川のしこ名をもつ人がいませんね」

宮村さんはそれほど川を愛する人なのである。

それから二十四年後に宮村さんがいった。

「ロシアの出身で、阿夢露《あむうる》という力士が出てきて活躍し始めています。もちろんアムール川からきてるんです。久しぶりに期待ができそうな川のしこ名の力士ですよ」

司馬さんの喜びそうな話だった。

対談再録「落語から見た上方と江戸」

桂　米朝×司馬遼太郎

桂　米朝（かつら・べいちょう）
一九二五年旧満州（中国東北部）生まれ。大東文化学院中退。四七年、四代目桂米團治に師事。戦後、滅びかけていた上方落語の継承、復興への功績から「上方落語中興の祖」と言われた。二〇一五年逝去。

江戸落語の七割は上方から

司馬　私は大阪に住んでいて東京には無縁なんですが、東京には〝異国〟の良さを感じますね。たとえば、アムステルダムやニューヨークのように。ただ『街道をゆく』で本所・深川を歩いたときは下町というだけの平板さで、閉口しました。しかし、江戸落語を思い出しながら歩くと、人も家も橋も陰翳が違ってきて、おとぎの国に迷いこんだように愉快でした。筏師《いかだし》（川並）の人や、鳶《とび》の頭《かしら》に会ったりしましてね。生きながら劇中の人物のようでした。

それはそうと、室町時代の堺では町人が武士を雇っていましたが、江戸・東京の〝頭《かしら》〟は似ていますね。あれは、大阪には江戸期以来、ありませんな。

米朝　鳶の頭は便利な存在やったんですな。何かもめごとが起こると、「頭、呼んどいで」とかいうてね。昔の親分ですな。いまの暴力団のイメージとはよほど違う親分が、各地におったようです。

名前出したって本人は嫌がらんと思いますけど、朝日放送に前おった三木さんという人は、「私のおじいさんまで、うちは三木組いうて、天満《てんま》の顔役やったんや」というてましたな。これが天満の天神さんのお祭りなんか全部仕切るわけですわ。ゴタゴタが起こったらみな、「三木組の親分とこへ行け」いうて。そういう人は、おってくれなんだら困るわけです。

司馬　昭和初年の大阪の例をいいますと、今東光《こんとうこう》さんの小説『悪名』のモデルが、岩田浅吉という人ですね。大正のにおいが続いていたころの話で、小説の中では朝吉です。この人はやくざでもなんでもなくて、しっかりしたブラシ屋さんの若旦那なんです。それが気分として任侠の人なものですから、結局けんかとなると呼ばれたらしい。「浅吉さんは二十人集まるか」

「三十人集まる」

そんな具合で、双方集めあって、互いに三百人だというころには収まるそうです。数争いをするだけで、乱暴に及ぶことはまずなかった。

米朝 イラク問題もそういうふうに解決つかんかいな。（笑い）

明治の末に親分連中の本ができてますわ。私の兄弟分の米之助が持ってますけど、これを見たら、びっくりするような名士がみな侠客の人名録に写真入りで入ってますねん。

相撲の言葉が「何々でごんす」とか、「行ってみましょうわい」とかいう、あれは全部大阪の侠客言葉です。

司馬 侠客が、明治時代ぐらいまでは、大阪相撲を興行していましたからね。ひいき筋という意味の相撲用語「タニマチ」も、大阪の谷町の旦那衆がよくご馳走したことからきたそうですね。

井上靖さんの小説『おろしや国酔夢譚』の主人公、大黒屋光太夫も谷町の質屋さんの若旦那だったんですが、谷町筋は経済力のあるところでした。むろん、侠客ではない。周知のとおり、八百長というのは江戸相撲の話で、八百屋の長兵衛さんが八百長を勧めて回った。このぶんでは大阪の勝ちですね。（笑い）

米朝 いまの若旦那ですが、東西の落語を比べてみると、まるっきり対照的なんですな。

東京落語の若旦那は、ほんまのボーッとした若旦那が多い。世間知らずで、騙されやすうて。上方《かみがた》落語にもそういう若旦那、出てきますけども、わりとしっかりしてる若旦那が多い。

お嬢さんは逆で、大阪のいとはんは本当の箱入り娘みたいな、あっち向いとれいうたら「ふーん」いうて向いてる。東京はおきゃんな、ポンポンいうて、番頭のいうことも聞かんようなお嬢さんが出てくる。

司馬　土井たか子さんは江戸落語のほうのお嬢さんですな（笑い）。江戸落語の「酢豆腐」（注参照）はグルメの若旦那でしょう。

米朝　気取ってて、ばか旦那ですな、あれは。きざの見本みたいな若旦那。

司馬　あの若旦那ばかりは、大阪では成立しませんな。「腐った豆腐は食べられへん」で終わり。江戸のように、グルメはこうあるべきだという文化的強制力――これが江戸っ子をつくりあげますが――それがないと成り立たない。

江戸時代から東京では食通というのがあって、大阪には食通はまあ存在しない。江戸では大工さんとか左官屋さんとかは、「宵越しの金は持たない」わけですから、食べることで散財する。

ところが、江戸の食べ物は不味《まず》かった。だから、「どこそこまで行ったらうまい店がある」という食べ物情報が、重要なものになる。それが食通という情報屋さんを誕生させた――そう私は勝手に考えているんですが。

米朝　江戸では、江戸時代に食べ物の番付がたくさんできている。大阪ではウマいものがあったら、人に教えませんわ。（笑い）

司馬　私は大阪弁が母国語（？）ですから、おかげで上方落語が聞ける。これは幸せの一つです。むろん、江戸落語のファンでもあります。もっとも江戸落語のいいネタというのは七〇パーセント以上は上方でつくられたものだそうですね。

米朝　あっちへ持っていったのは明治、大正期やけど、大阪の落語はとにかく笑いが豊富でっさかいね、すぐ商品に使える。あっちのさらっとした話をこっちへ持ってきても、商品にならん。こっちの客はもっと笑いを要求しますからな。それで、輸出ばっかりになってしもた。

司馬　落語の「らくだ」（注参照）なんてのは江戸落語のものだと思ったら、あれも上方仕立てだそうですな。

江戸時代、何度かオランダ人がこの動物を持ってきてくれたそうですけれども、らくだという間の抜けたあだ名をつけて、人を怖がらせている。それがなんとも上方風のユーモアで、おかしいですね。あれは江戸だねじゃないんですね。

米朝　こっちの話です。らくだは、東京では本名を馬、大阪では宇之助というんですが、噺が始まったとき、すでに主人公が死んでいるというのは、ほかにないですね。

司馬　その死骸を弟分が裁量して、カンカンノウかなんぞを踊らせて町内を脅して回るわけですね。いくらか葬式代をせしめてゆく。

米朝　三代目小さんが持って帰ったネタです。この人はずいぶん持って帰ってます。「青菜」とか「うどん屋」とか。

司馬　三代目小さんは、夏目漱石が「小さんは芸術だ」と激賞した名人ですね。尻とり話のようですが、漱石の『坊っちゃん』なんて落語ですね。松山中学に赴任しての挨拶で野太鼓が出てきて、「御国はどちらでげす？　え？　東京？　そりゃ嬉しい……私も江戸っ子です」。それを聞いた坊っちゃんが、「こんなのが江戸っ子なら江戸に生まれたくないもんだ」と心の中でつぶやくくだりなんか、まったく落語ですな。

米朝　落語が好きなお方であっただけに、会話が生き生きしてますな。

司馬　まじめな官吏だった鷗外をも含めて、明治の文学者で寄席に通わなかった人はどうもいないようですね。

明治のほとんどの文章家は、ほとんど落語に負っている。ところで、米朝さんが上方落語を復活させないかんと思ったのは、昭和二十一年ごろですか。

米朝　その時分、東京落語は隆々たる勢いでしたが、大阪落語はもう滅びたも同然で。このままではだめやなと、ほんとに数人で始めたんです。

旧幕臣がドッと噺家に変身

司馬　松鶴さん、へんな読み方ですけどね。ショウカクと読むべきところを、大阪の人はショカクと読む。これは偉い人で、その人一人しか残ってなかった。

米朝　一人やないけど、中心になってね。息子の六代目松鶴。あれはとにかく破滅型の人でしたから、酒は浴びるほど飲むわ、ヒロポン中毒になるわ、なんでもかんでもすぐそうなるタイプですけど、その時分はまだ真面目に、「なんとか若い者でやろやないか」というようなことというてね。

司馬　それで、学校出の米朝さんがそれに加わって、上方落語を復活させた。それはそれは大変な作業だったようですね。たとえば、「けんげしゃ茶屋」とかいうようなえたいの知れない噺を掘り出してきたりして。

米朝　ええ、いろんな人から聞き回りましてね。もう現役引退しているような人のところへ教わりに行ったり、片言隻句を集めて復活したものもあります。あの時分は、記憶力もいまの何倍もあったんですな。二遍ぐらいいうてもろたらだいたい覚えられました。

司馬　復活というより復元ですから、大学の文学部の研究室の仕事ですな。

米朝　研究室のものやったら商品にならんですからね。いまの人に受けさすためにはどないしょうかと、言葉の置き換えとか、なんでもないことで苦労したものですわ。

司馬　大正時代の春団治もそうですが、松鶴さんのような破滅型というのもおもしろいな。戦後文壇の太宰治や坂口安吾とどこかで重なると思いますが。

米朝　破滅型は江戸には少なそうですね。馬琴なんて大真面目。為永春水《ためながしゅんすい》も、やわらかいものを書いているけど真面目やないかな。

司馬　やっぱり人口の半分がお侍という江戸の中では、あまり不真面目はできませんでしょうな（笑い）。ところが、維新後はちょっとちがう。没落した幕臣がドッと噺家になった。名人、達人といわれる噺家の中で、旧幕臣、あるいは諸藩のご家中だった士族というのが、全体の六〇パーセントだそうですね。

米朝　江戸落語ではたしかに元士族というのが多いですわ。志ん生さんでも、黒門町の文楽さんでも、みんなおじいさんとかひいじいさんぐらいになると、みんな御家人とかなんかで。

司馬　志ん生さんの美濃部という姓は幕臣でも、非常にいい苗字で、近江の美濃部です。水道橋の屋敷が何百坪あったとか。

米朝　太鼓持ちで、松廼家露八なんていうのも幕臣ですね。

司馬　彰義隊崩れですね。最近、作家の杉本章子《すぎもとあきこ》さんが『爆弾可楽』（文藝春秋）という本を出されました。主人公の可楽は、もとは四谷あたりの旧幕臣の出だといいますな。

米朝　「よかちょろ」という変な噺で売り出した三遊亭遊三《ゆうざ》という人も旧幕臣。維新後、裁判所へ勤めて、北海道の裁判官になって、そこで美人の泥棒か何かにえこひいきな裁判をして、告発されて辞めて、噺家になった。

司馬　その人のことも、杉本さん、「ふらふら遊三」という題で同じ本の中に書いています。

米朝　助高屋高助という役者がおりまして、いまいませんけど、上から読んでも下から読んでも助高屋高助。それが売り出していたので、三遊亭遊三にしたんやそうですな。これも上から読んでも下から読んでも同じ。そんなのがいまもおりますけどな。

司馬　上方落語は、大正時代に活躍した名人の春団治が、伝統を潰したというか、あるいは持ち上げたというか、ともかくおもしろすぎた、というふうにいわれていますね。

米朝　もちろんちゃんと普通の噺もやったんですが、それでも新しい独創のギャグをどんどん入れますから、噺は崩れますわね。それで、みんなから邪道や、上方落語を潰してしもたといわれたんです。

そのかわり、いま聴いてもうまい人や、単なる「爆笑王」やないと思いますわ。S

Pレコードで百種類近くの噺が残ってますが、たまりませんな。

いまの枝雀が小米の時分、何をゲラゲラ笑うてるのかなと思うたら、それ聴いて一人ゲラゲラ笑うてますねん。

司馬　故人になりましたが、富士正晴に、『桂春団治』という作品があります。富士さんは大正二年生まれですから春団治の生前を知らない年代なんです。たまたま春団治の弟子の花柳芳兵衛さん（元・小春団治）が生きていたことが頼りで、なにしろ、春団治を聴かずに書くわけですから大変だったようでした。大正時代に青春を送った桑原武夫さんと貝塚茂樹さんがずいぶん富士さんに話したようで、それが助けになったらしい。桑原さんは春団治が好きでしたな。私も、春団治について聞いたことがあります。桑原さんの答えがよかったですね。

「私は三高の生徒のときに日曜日ごとに大阪に行って、春団治を聴いたんです。芸術というものがわかったのは、春団治のおかげです」

さらに、

「芸術というのはヌメッとしてないといきまへんな」

ヌメッというのは、生き物の肌のように、またわれわれの手の平がヌメッとしているように、春団治の芸はそうだというのです。全体ヌメッとしていたら嫌らしいですけれども、ほんの一カ所か二カ所――小説も絵画もそうですが――ヌメッとしてないといかん。

……このことば、いいですね。芥川龍之介の「今昔物語集にはbrutalityがある」というのと似ているかな。ブリュータリティというのは意訳すると、ヌメッとでしょうな。

米朝　そういうふうに感得しはった桑原先生が、やっぱり偉いですな。われわれの先輩は、「なんの噺をしゃべっても色気がなかったらいかん」とよういいました。「侍の噺しゃべってても、色気というものはなかったらいかん」と。ヌメッというのは、その色気に当たるんでしょうか。

司馬　ところで、もうずいぶん前にハワイに行きまして、往復の飛行機の中で米朝さんの「天狗裁き」（注参照）を聴いたのが至福でした。噺が「ちがった次元」へ飛ぶから、大阪弁がいちばんうまくいく。江戸弁だと理詰めになって、なかなかいまの地上から離れられないんですけれども。

米朝さんのは、お侍さんの言葉がいいですね。軟体動物のようなやりとりがあって、突如お奉行が出てくる。みごとな骨格の話法でもってしゃべられるから、軟体動物がいよいよ生きてくる。

米朝さんの「佐々木裁き」にもお奉行が出てきますね。それに「宿屋仇」。お武家さまの折り目正しい骨格のしっかりした言葉と兵庫の柄の悪い言葉とが異次元的な対比になっている。

米朝　これは橘ノ圓都という神戸・柳原生まれの人から教わったんですけどね。宿屋へ泊まるところからポンポンポンポンポンいうところが、よかったですわ。

即物的な上方と洒落た江戸

司馬　兵庫者の三人組が、「兵庫というのは世の中に知られているらしいな」などとバカバカしいやりとりをしている。

米朝　「清盛さんの都のあったとこやないかい」と。兵庫は港で有名やったんですな。

司馬　あげくのはては、俺はいかにもてたかというようなホラ話になる。その騒ぎにたまりかねて、隣室の侍が宿屋の番頭を呼び、兵庫者のホラ話を踏まえて、「じつはあの中に身どもの仇がいる、明朝まで控えさせておけ」という。兵庫者たちは震え上がって静まり、おかげで侍はぐっすりねむれた。

そんな噺ですが、ぶくぶくと泡立つような上方言葉の波立ちの中に、岩でも放り込んだような侍ことばが際立っていて、相乗的というか、コトバというものの快感をわれわれに与えてくれます。

ところで米朝さん、古い落語の噺を掘り出すときに、旧制姫路中学を出て東京の漢文の大学へ入ったことはプラスになってますか。

米朝 噺家になるためには、法に触れる殺人罪や泥棒以外なら何をやってもプラスになりまっせ。本人にその気があれば、騙しても騙されても、勉強になる。何もむりやりに求めてひどいことをする必要はないですけど、やはり食うに困ったり、帰りの電車賃がない、どないしょうというような体験は絶対よろしいな。

司馬 志ん生さんが「私どもの噺家世界はボーッとなんとなく育ってきたような人には向かないんです。私のようにむちゃくちゃの貧乏して」なんていっているのと同じですね。

もっとも、志ん生の息子さんの馬生が「父親は酒のんで贅沢してたけど、貧乏してたのは自分たち家族のほうで」とぼやいているのが、いっそう志ん生の貧乏を照り映えさせますな。(笑い)

米朝 家へカネ、入れへんしね。自分は好きなことしてる。戦争で満州に行ったときも、馬生にいわせると、「『向こうに行けば酒が飲めるぞ』と聞いて出かける気になった」そうですな。「給金を前借りしていくわ、向こうからはカネを送ってこないわで、どんなに苦労したことか」とぼやいていました。

司馬 本所では池を埋め立てた長屋に住んでいる。夏は蚊だらけで、家中の者が一つ蚊帳に入って暮らしている、というような暮らしが志ん生をつくりあげてゆくんでしような。「ゼニがない、というところから噺がはじまるんです」と自伝の『なめくじ艦隊』にもあります。貧乏を極楽のように話している。

米朝　「お直し」なんて吉原でもいちばん品下れる店の、どないもこないもしゃあないところの女郎買いの噺なんか、あのお方でないと……。あれはもうだれにもやれませんやろな。

司馬　僕は江戸落語と上方落語に優劣はまったくないと思うんだけど、双方ちょっとたたずまいの違いはあります。さっき米朝さんがおっしゃったように、上方落語は一分ごとにおもしろがらせるけれども、江戸落語は芸の磨きを見せたがるところがあるのが違いかもしれませんね。

江戸落語のいい点は、題がいいことですね。おなじ噺でも大阪落語では「骨《こつ》つり」ですが、その噺が向こうに行くと「野ざらし」になる。「骨つり」ではあまりに即物的で。（笑い）

米朝　もともとは、楽屋の符丁ですからな。こっちは「何やんねん」「骨つり」「ああ、そうか」てなもんで、そのままですわね。題一つでも、あっちは工夫してますわな。「芝浜」「三味線栗毛」なんて、洒落てますな。

噺家の名前も、あっちはちゃんと一編の趣向になっている。こっちは、桂何がし、林家何がし。笑福亭松鶴なんて、あれぐらいめでたい名前ないです。笑う福で、松で鶴でっしゃろ。あんなん、もっちゃりしてますわ。

向こうは、たとえば、張果老仙人の出てくる中国の『列仙伝』という本がありますが、ひょうたんから駒を出して、楽しんで、また納める。張果を蝶と花に変えたんですけれども、蝶花楼馬楽なんていうのは、その張果老仙人から取ったものです。

三笑亭可楽というのも、本当は山椒は辛いという洒落。講釈師、蓁々斎桃葉《しんしんさいとうよう》は『詩経』ですな。「桃の夭々たる、其の葉蓁々たり」。翁家さん馬は、「翁千歳三番《さんば》叟《そう》」。

司馬　さすがに漢文の先生ですな。（笑い）

米朝　全部そういう洒落た名前の付け方をしてますわね。噺家の名前でも工夫があります。

司馬　「骨つり＝野ざらし」は中国の明の『笑府』という本に、似た話がありますね。しゃれこうべか死骸から供養して、帰ってくるときれいな女の人がお礼にくる。中国の場合は楊貴妃が出てきます。こっちの噺になると小野小町です。似たようなことをしたいと思った隣のやつが、同じことをして帰ってくると、中国の場合は、『三国志』の張飛がやってくる。こっち側は石川五右衛門でしたね。要するにカマを掘らせろ……。

米朝　『笑府』が原形ですね。あれから取ったものですわ。

司馬　サンフランシスコで、もうエイズで亡くなりましたけれども、全米ゲイ協会の会長みたいな偉い小児科の博士に出会ったことがあります。
「ホモという言葉には差別のにおいがあります。ゲイと呼んでもらいたい」
そんなことをいう先生ですが、ちょっと寂しげに、「ゲイというのは中国にはないそうですな」とおっしゃったんです。私はそんなことはないんだといって右の『笑府』の話を引用しますと、喜んでいました。別に喜ぶこともないけど。（笑い）

米朝　安心したんでっしゃろ。『笑府』は中国では散逸して、もうないんです。日本に残っていた。

司馬　江戸落語がトクをしているのは、東京の地名ですね。地名は江戸文化の遺産ですけれども、いい地名が多いですね。

無地の上に自由に描く大阪

米朝　それに東京は情報が全国に伝わっていますから、根岸というただけで一つのイメージが、どこのお方でも浮かぶんですわ。下谷とか、入谷とかいうと、何かイメージが湧くし。

司馬　根岸というだけで正岡子規を思い出したり、「根岸の里のわび住まい」という俳句を思い出したりする。駿河台というだけで旗本屋敷やら大久保彦左衛門やら明治大学やら、イメージが重なって出てくる。

米朝　大阪は、一つのイメージを浮かべていただける地名いうたら、道頓堀とか、心斎橋とか、天王寺とか中之島とかいえば何か浮かぶかもしれませんけど、堀江いうたってピンときません。だれもわからない。

司馬　堂島という地名で江戸期や明治・大正の米相場が浮かぶことはないですね。

米朝　それは浮かびませんやろ。文楽さんの「船徳」なんぞのように、「浅草の観音さま、四万六千日」という一言で東京人なら暑い盛りの日が浮かぶんですけど、こっちは鰻谷のなんとかいうたって、だれも何も連想してくれないという残念さがある。もっとも、大阪には、〝無地〟でできる良さがありますけどな。

司馬　開き直っていえば、相手の先入主によっかからずに、無地の上に自由な絵を描く。いま降ったばかりの水たまりの淵でヒマな人が釣りをしている……。こういえば地名はどこであってもいいということかな。（笑い）

（注）

酢豆腐
町内の連中が酒を飲もうとするが肴がない。出てきた豆腐は腐って酸っぱくなっている。そこに若旦那登場。食通とおだてられ、「これなんですか」と豆腐を出さ

れ、気どって、

「これは酢豆腐といいます」

「もっと食べてください」

「いや酢豆腐は一口に限ります」

らくだ

乱暴者の「らくだ」こと馬が死んだ。大家をはじめ、みな喜ぶが、兄弟分がらくだの死骸にカンカンノウを踊らせて、香典や酒の肴をせしめる。その後火葬場に行く途中に「らくだ」を落としてしまい、かわりに酔っ払いの坊主を樽に押しこめるとやがて坊主が起きて……。

天狗裁き

うたた寝の亭主を女房が揺り起こす。

「えらいうなされて、どんな夢見たん」

「いや夢なんか見てへん」

これが発端で、仲裁に入った友達、大家、お奉行さま、最後は天狗までが次々に聞きたがる。「どんな夢見たんや」と。


（朝日文庫『対談集九つの問答』より再録）

本の町の心臓部　「神田界隈」の世界

小説の主人公たちが歩く神田

本所深川を歩いているときの司馬さんはどこかぎこちなく、アウェー感があったが、神田ではそんな感じはなかった。

やはりここが本の町だからだろう。

神田の原形について書いている。古書街が、この界隈の心臓部といえるのではないか〉（「神田界隈」『街道をゆく36本所深川散歩、神田界隈』以下同）

「三人の茂雄」という章では、岩波書店の岩波茂雄さん、古典籍の重鎮、反町茂雄さんとともに、文化人類学の良書を出版し続けた岡書院の岡茂雄さんを取り上げている。

岡さんは他の二人よりは有名ではないだろう。『本屋風情』（角川ソフィア文庫）という本を残し、反骨を感じさせる人だった。岡さんを通し、司馬さんの出版事業に対する深い思いを感じさせてくれる『街道』でもある。

一方で、「神田界隈」を読むと、妙に懐かしい。司馬さんの小説の登場人物たちが神田のあちこちを歩いている気がする。千葉周作が道場を開いていた場所はＪＲ秋葉原駅から近いし、正岡子規が勤めていた新聞「日本」は小川町の交差点辺り、兄の死後律が通う共立女子職業学校は大学となり、いまも一ツ橋にある。『北斗の人』『坂の上の雲』『ひとびとの跫音』を思い出す『街道』でもある。

聖橋《ひじりばし》の上で

「神田界隈」の取材は一九九〇（平成二）年秋だった。その少し前、担当者だった私（村井）は、「本所深川散歩」の原稿を受け取りつつ、「神田」の構想を聞きにいった。ちょうど『街道をゆく』は二十年目で、ほとんど休載なしで連載はつづいていた。六十七歳の司馬さん、まだまだフル回転の時期である。

「神田は大丈夫だよ。まあホームグラウンドみたいなものだから」

司馬さんは明るい顔でいった。東京取材もこれが三度目で、最初が「赤坂散歩」（八八年）。次の「本所深川散歩」（九〇年）もすでに書き上げつつあった。

司馬さんの神田での構想のひとつには千葉周作（一七九四〜一八五六）があった。北《ほく》辰《しん》一刀流の開祖で、『北斗の人』の主人公。司馬さんにはなじみの人物である。

周作は上州などで武名を上げたあと、神田の於《お》玉《たま》ケ池《いけ》に道場を開いている。

「周作は頭のいい人でね、高名な儒学者の東條一堂の隣に道場を建てたんだ。東條のほうも喜んだ。両方学べば文武両道になって便利だろ。こうして両方とも繁盛した」

とくに北辰一刀流からは幕末史を彩る人物が輩出した。新選組を生み出すきっかけをつくった清河八郎《きよかわはちろう》もいれば、坂本龍馬もいる。

「於玉ケ池には、ほかにも有名な塾がたくさんあった。いまの総合大学みたいなもので、於玉ケ池に来ればいろいろ学べた。神田には明治後に大学がたくさんできるでしょう。明治、中央、専修、共立女子とかね。神田がものを学ぶ町だという下地が、江戸時代にあったと思う」

こうして北辰一刀流の世界と現代の大学街が結びつく。

「いまはなにもないと思うけど、於玉ケ池の辺りを歩いてみよう。それと半蔵門の東條会館に行ってくれますか。東條のご孫がいまも写真館を開いていて、歴史を書いたものがあったはず。もらってきてください」

神田に道場はもちろん、於玉ケ池という地名もない。調べてみると、跡地は小学校になっていた。

〈千葉や東條の塾のあとが、いまは小学校になっているときいて、ほっとした。千桜《ちざくら》小学校という〉（「神田界隈」以下同）

実際に行くと、千桜小学校は、現在のJR秋葉原駅から十分ほど歩いた辺りにあった。校門には石碑があり、「右文尚武」とある。

〈文ヲ右ビ、武ヲ尚《とうと》ブ、ということである。中国古典の熟語には「右文左武《ゆうぶんさぶ》」というのがある。文武両道で天下をおさめるということである。まことに千葉と東條の関係は、右文左武だった〉

弾《はず》んだ表情の若い男性の先生が校舎や校庭などを案内してくれた。

司馬ファンだったのかもしれない。しかし残念ながら、江戸時代の面影を感じることはできなかった。

〈小学校のまわりは、小規模なビルが密集していて、ことごとくさまざまな業種の中小企業がひしめいている。（略）空もせまく、電線が網のように張っていて、息ぐるしかった。

ただ、千桜小学校の校庭に立ったときは、かろうじて空がひろかった〉

二〇一四年十月現在はさらに面影はない。千桜小学校は閉校し、跡地は区営住宅などの工事中。石碑も移転する予定だという。

◇　◇

一九九〇年に戻ると、ほかにもいくつか〝指令〟があったものの、基本的に〝おつかい〟程度の用事だった。担当者として一年は過ぎていて、もう少し役に立ちたいと思ったのもこの時期である。

そこで「神田界隈」の資料を独自に集めてみることにした。

ただし司馬さんは資料集めのプロ中のプロ。別の担当者に、

「資料集めほど楽しいことを人に任すなんて信じられないね」

というぐらいの人で、司馬遼太郎に助手はいない。

そんな司馬さんがあまり詳しくなく、思わず唸《うな》りそうな分野はないか。

いろいろ考え、考えすぎ、なぜか「食」に絞ってしまった。

神田ゆかりのそば屋、すし屋にまつわる本などをもち、司馬宅を訪ねた。詳しくないのではなく、関心がない分野だろう。本を渡したところで、すでに後悔していた。

「そうか、ありがとう」

といって、司馬さんは読みはじめた。沈んだ表情を見て、顔がだんだん赤くなったのをおぼえている。

「はい、ありがとう」

パラパラ読んだ司馬さんの言葉はため息交じりではあった。

しかし、誌面的には貢献できたかもしれない。「神田雉子町《きじちょう》」という章で、司馬さんは神田須田町の老舗《しにせ》そば屋「まつや」を訪ねている。

〈「いかがです」

そば好きの編集部の村井重俊氏が、悪戯《いたずら》小僧みたいな目玉を細めている〉

「うまいですね」

誌面の中の司馬さんが答える。そば、トンカツ、鰻は東京風が司馬さんの好みではあった。

さらに〝悪戯小僧〟がいう。

〈すしはいかがです、と村井氏が、きいた〉

まったく食べ物のこと以外に関心がない男の描かれ方である。

ただし、〝食いしん坊〟にも使い道はある。二代目の装画を担当した桑野《くわの》博利《ひろとし》さんにあてた手紙のなかに、本所深川、若い人が集まる居酒屋風の店が多い町ですとあり、

〈小生は行きませんでしたが、担当の村井君は（略）大食いですから、よろこんで御案内するかと思います〉

装画を引き受けてまもない桑野さんを激励する手紙の一節だった。

初代の須田剋太《こくた》さんが九〇年七月に亡くなり、桑野さんにはその年の九月から「本所深川散歩」「神田界隈」の装画を担当していただいた。

◇　◇

桑野さんは一九一三（大正二）年に鳥取県の農村に生まれた。司馬さんより十歳年上である。

倉吉中学（現・倉吉東高）を卒業後、京都市立絵画専門学校（現・京都市立芸大）にすすむ。首席で卒業し、講師として学校に残った。

七一年に日展を離れたあとは、新聞連載に装画を描くなど、独自の道を歩いてきた。生誕百年の「桑野博利展」（二〇一三年、倉吉市・倉吉博物館主催）の図録には、伊藤泉美学芸員が書いている。

「日本画家の多い京都にあって、舞妓や花鳥画を好んで描くことをせず、後年画壇からも離れた桑野は知る人ぞ知る存在の画家である」

司馬さんに会うのは、「神田界隈」の取材が初めてだった。

九〇年十月のことで、二人で神田を歩いている。「スケッチの虫」「素描の鬼」といわれた桑野さん、スケッチブックを持って、司馬さんのあとをついていく。興が乗ると、すぐに写生を始める。ＪＲ御茶ノ水駅近くの聖橋《ひじりばし》でもそうだった。

〈「いい女というのに、めったにお目にかかれませんな」

橋上でスケッチしながらいわれた。数秒で、紙の上に女があらわれる〉

聖橋が架けられたのは一九二七（昭和二）年になる。

〈江戸・東京は、地名や橋の名のつけ方に洒落《しやれ》っけがある。北に孔子を祀《まつ》る湯島台があって、南の神田駿河台にはニコライ堂（ロシア正教）がある。そこをむすんでいるから聖橋だという〉

司馬さんがあとでいっていた。

「桑野さんはあんなにインテリなのに、女の人が好きだね」

誌面では別の表現をしている。

〈このひとは、よき意味での女性崇拝者である。（略）大好きな女性は、むろん母君《ははぎみ》である〉

その母君に、幼いころから桑野さんは、

「人は七たびうまれかわる」

と聞き、七十六歳になっても、真顔で司馬さんになんどもいっていた。

司馬さんはここで考え、桑野さんに聞いた。

「いまの桑野さんが、ひょっとして七度目だとどうなるのでしょう」

桑野さんはたじろがなかった。

〈「いいえ、いまがはじめてです」

と、いわれた。きまっているじゃないか、というふうな断固とした調子だった〉

いま思えば桑野さんも、絵の聖のような人だった。

神保町の伝説

司馬さんにとって神田神保町は懐かしい街だった。

「神保町には高山本店という店があって、三十年ぐらいお世話になってきたんだ。神田を歩くなら、高山さんを訪ねなくてはね」

高山本店は司馬さんの資料集めを支えた店である。

「ご主人の高山富三男《ふみお》さん、そんなにたくさん本を読んでいるようには思えないけど、『あれは大したことありませんな』という本は読む必要がないし、『あの本は……』と畏敬をこめた顔になると価値がある。わが家の本棚もよくご存じで、注文すると『それはもうお持ちです』」

東京で高山さんと再会したのは一九九〇（平成二）年秋。近所のすし屋で酒を飲み、集まった神田っ子たちの話を聞いた。夏目漱石が通った神田猿楽町《さるがくちょう》の錦華《きんか》小学校が話題となる。昔から評判の高い小学校だったようだ。一九一六（大正五）年生まれのデザイナー秋山多津雄さんが語りだす。学区が違うが、どうしても錦華小学校に入りたかったという。司馬さんは秋山さんの語り口調を「神田界隈」で描写している。

〈錦華に入りたくて、母親につれられて錦華の校長室まで行ってたのんだんです。うまくゆかなくて、子供ごころになさけなくて、母親のうしろで泣いたりしまして……〉

この「……」には意味がある。秋山さんは酔いが深まり、だんだん泣きながら怒っている感じとなった。宴席は混乱したが、司馬さんはさすがに大人でニコニコしていた。もっともアレンジした高山さんは困った顔となり、もっと困っていたのは新米担当者の私で、いま思い出しても、オレガナキタイヨという感じだった。

◇　◇

現在も高山本店は健在である。

神保町交差点のそば、神田古書センタービル一階に店がある。富三男さんは亡くなり、息子の高山肇さん（六七）が四代目となった。まだ二十代のころ、急ぎで注文された古地図を、夜行列車に乗り、東大阪市の司馬家まで届けに行ったこともある。

「早朝に着いて帰ろうとすると、奥さんのみどりさんが『乗っていきなさい』って。当時は連載の原稿を飛行機で東京まで送っていたんですね。伊丹空港まで届けるためのタクシーが待機してあり、原稿と一緒にタクシーに乗せてもらいました」

当代一の流行作家を支えた古書店は大阪にもあったが、やはり高山本店が中心だったようだ。

「うちが扱うジャンルじゃない本も、『こういう本を探してくれ』という電話がきました。すると父が司馬さんの司書のように、神保町じゅうの古書店に声をかける。昔から神田にはそういうネットワークがあるんだよね。集めるとウチの番頭さんがハイエースで大阪まで納本しにいっていました。だから父は、司馬さんにどんな本が納められているか、把握していたんだと思います」

「神田界隈」の取材から二十五年近くたち、高山本店にも変化はある。

「以前は郷土史がうちの看板だったんです。いまは謡曲や能などの稽古本や専門書を中心に、食に関する本、武術の本。この間はK‐1の選手が来て、色紙書くからまけてくれといってましたね」

肇さんは、秋山さんが泣いて通いたかった錦華小出身。生まれも育ちも神保町で、靖国通りの歩道にチョークで落書きして遊んだ。

「神保町は楽しいところですよ。徳川夢声《とくがわむせい》が弁士をやっていた東洋キネマ、神田日活など映画館が何軒もありました。狭い家だったけど、家族だけじゃなく従業員の人たちといつも食卓を囲んでいた。立教の同級生に『三丁目の夕日』の漫画家、西岸良平《さいがんりょうへい》がいて、彼が描く東京は私の少年時代だね」

千代田区議会議員を五期つとめていて、街の活性化は仕事でもある。

「平成の初めのころは地上げが多くて、店のなかで嫌がらせにお経をあげられた人までいます。店舗数は約百二十軒で推移してたけど、現在は約百六十軒。むしろ最近増えましたね。司馬さんは神田を『物学びのまち』って書いてくれましたが、これがこれからのキーワードです」

最近は店のほうは息子さんに任せつつあるそうだ。

「昔から私は本より料理のほうが好きでね（笑）。孫が三人いるんだけど、今日は何作ろうか、ミートソースにしようとか考えてます」

高山さんの軽妙な話を聞き終え、駿河台《するがだい》下の交差点に向かって歩いた。個性豊かな老舗がならぶなか、やはり田村書店が目立つ。うずたかく文学全集が積まれ、手書きで力強くタイトルや値段が書かれた黄色い短冊がぶら下がる。

「短冊に値を書くようになったのは、うちが最初ですね。昔は符丁だけ書いてあって、客によって値段を変えたりしてたもんです」

と田村書店の奥平晃一さん（七三）がいう。三代目のお父さんが高齢のため、店を任されている。二〇一四年秋、哲学者ヘーゲルの書き込みのある初版本が神保町で見つかったことがニュースになったが、これは田村書店での話。昔から仏、独、英文学に詳しい人が集まってくる。

奥平さんは高山肇さんの錦華小の先輩で、何度か空襲から避難した記憶がある。避難先は、司馬さんが「日本の古書籍業界の雄」と表現している一誠堂書店の地下だった。

「あそこは昔から鉄筋でしたからね。靖国通りに面した一列だけ、きれいに焼け残ったのを覚えています」

本に携わり六十年以上になるという。

戦後、小学五年生のときから田村書店のカウンターで店番をしていた。

「ビッグネームの先生方が来てたんですよ。大人になってから、『君は子供のころから店番をしてたね』といわれたこともあります」

慶應大学に進んだが、店番のほうがおもしろくて退学届を出した。

「受理されたという手紙が来て、親父に怒られましてね。そしたらお客さんのなかに、西脇順三郎さんがいたんです。大学に電話をかけていただいて、戻ることができました」

詩人、英文学者の巨人で、慶應でも教授だった西脇さんが〝後見役〟なのだから、ハイブラウである。

「目利きのお客さんにずいぶん育てられました。彼らが手に取って買っていった本を、また見つけて仕入れる。必ずまた売れます。本屋って、案外勉強ができる商売なんだなと思いましたね」

映画やジャズ評論、軽妙なエッセーを書いていた植草甚一さんも田村書店によく来ていた。

「あの人は親父の代の客で、『植草が向こうから来たから、あっちのほうは行ってもダメだ』といわれてました。神保町の伝説の一人ですね」

作家の井伏鱒二さんは伝説中の伝説の人だろう。店の入り口近くに、直筆の原稿が飾ってある。

「井伏先生はご出身の福山の学校に本を寄付していましたが、学校には送れない本もあるので、それを引き取ってました。先生の八ケ岳の別荘にもよく行きましたよ。『帰るなよ、まだ早いよ』っていつもおっしゃって、最後に奥さんが出される鰻が絶妙でしたね」

井伏鱒二さんは晩年になって名作「山椒魚」のラスト部分を大幅に削除して話題となった。

「最初からああいう終わりにするつもりだったけど、かっこつかないかなと考えて足したんだって。いつか切りたいなと思ってたというんです。それははた迷惑ですよといったら、『僕だってまだ現役だぞ』って。先生はいつもいってました。『売れるとか売れないとか考えて本を書いたことはない。正宗白鳥《まさむねはくちょう》と小林秀雄が評価してくれたらそれでいい』。文士でしたね。井伏先生の人の評価を私は参考にしています。先生が唯一、弟子だといってかわいがっていたのが太宰治さんだと思いますよ」

司馬さんは神保町に敬意を表して記している。

〈本は古本になると、真価だけで生きてゆくのである〉（「神田界隈」）

奥平さんもいう。

「本は出版社じゃなくて、買ったお客さんが評価して、値段がついていくものなんです。五年もすれば、ダメなものは埋没していきます。古書街としてもそうですよ。世界一とほめていただいたけど、神田は規模は大きくても、中身はこれからです」

どうぞ神田に来てくださいと、奥平さんは最後にいった。

「怖そうな本屋もあるだろうけど、私ら本が好きな人には優しいですよ。ただし、触り方がわかんない人とか、値段だけ見るのが楽しみで来る人には出てってもらうけど」

本屋にもまた、伝説の人が多そうな街である。

聖堂と明神

一九九〇（平成二）年秋、司馬さんはＪＲ御茶ノ水駅から聖橋に立っていた。

〈湯島台をみると、丘を樹木がおおっている。梢《こずえ》がくれに湯島聖堂のいらかがみえるから、安藤広重の絵がしのばれぬでもない〉（『神田界隈』以下同）

湯島聖堂は江戸幕府の学問所。昌平坂学問所（昌平黌《しょうへいこう》）と呼ばれた。

〈湯島台に聖堂があったればこそ、神田川をへだてた神田界隈において学塾や書籍商がさかえたのである〉

明治後も知の中心であり続けた。

敷地内には、昌平学校、文部省、博物館、図書館などが次々に設立された。ここを原点に、現在の東大、お茶の水女子大、あるいは文部科学省、東京国立博物館、国立国会図書館などが誕生したことになる。

関東大震災で建物は焼失したが、たたずまいはそのままに一九三五（昭和十）年に鉄筋の建物として再建され、現代に至っている。

司馬さんはちょっと閾《しきい》が高い気がして、そっと聖堂のなかに入ったところ、知り合いに見つかっている。

〈まことに偶然なことに、旧知の苅部良吉氏という文部省の人に遭った。いまは定年になり、二松学舎《にしょうがくしゃ》大学とこの聖堂の斯文《しぶん》会のしごとをしているという〉

苅部さんは建物の案内をしたあと、何げなく司馬さんにいった。

「先生方がきていらっしゃいます」

司馬さんは驚いている。

〈昌平黌は文化財として存在しているとおもっていたのに、いまも先生方がおられて、講義がつづいているという。それが、斯文会のしごとなのである〉

「神田界隈」の取材から二十四年、公益財団法人斯文会の理事長、石川忠久さんに会った。

「そのとき私はもう理事長でした。司馬さんと夫人のみどりさん、隣り合って座っていましたね。懐かしいなあ。斯文会はいまも元気ですよ。司馬さんがいらっしゃったときより、講座数は倍増しています」

石川さんは八十二歳。現役の講師でもあり、漢詩の講座を担当する。

「講座は昭和四十四年からずっと持っています。僕はここの主《ぬし》だね(笑)。ときどき、時間を超えた気持ちになります。平賀源内も清河八郎もここで学んだ。講座で教えてい

ると き、窓の外から頼山陽《らいさんよう》が様子をのぞいているような錯覚に陥ります」

いまは論語の素読、漢文、孟子、老子など約五十講座に約一千人の聴講生がいる。

「もう一度漢文や漢詩を学びたいという、リタイア組が多い。子どもたちも来ます。論語の素読や漢詩は、意味がわからなくてもまずリズムで覚えさせます。『春眠暁を』と、口移しで覚えさせ、大きくなったときに意味がわかってきます」

石川さんの場合、漢詩の世界に興味を持ったのは、十五、十六歳のとき。大東文化大学で教鞭をとって隠棲していた先生と出会い、自宅で漢文を教わったことがきっかけだった。

「あごひげを生やした老師でね。私はすっかり漢詩のとりこになった。戦後すぐで、当時は毛沢東や魯迅一色。漢文をやる学生はほとんどいなかったけれど、私は漢文の道以外はないと決意しましたね」

東大中国文学科を卒業、二松学舎大で教授、理事長、学長をつとめている。二松学舎は一八七七（明治十）年に私立の漢学塾としてスタートし、初期の学生に夏目漱石がいる。

〈漱石は年少のころから漢文がすきで、とくにかれの詩文においては明治のおおかたの漢学者よりぬきん出ている〉

と、司馬さんは記している。

「漱石は二松学舎で漢文をみっちりやっています。そのカリキュラムも残っていますよ。漢詩をよく作り、病気になる前の日まで漢詩を作ってましたね」

と、石川さん。NHKの漢詩の番組を長く担当し、ファンも多い。

中国には六十回ほど行き、最初は一九七七（昭和五十二）年、場所は唐詩の故郷、西安だった。

「やはり一に西安、二に西安ですね。風景は変わったけれど、三蔵法師が持ち帰った経典を保管した大雁塔《だいがんとう》は、今も変わらない。初めてのぼったときは、杜甫《とほ》も見た景色なんだなと思って感激した。ジンジンきたことを覚えているなあ」

◇　◇

湯島聖堂の近くには江戸の総鎮守、神田明神《みょうじん》がある。祭神は関東武士の原点ともなった平将門である。

〈江戸時代は歴代将軍の尊崇をうけていた。さらには祭礼がむかしもいまも日本三大祭のひとつとしてにぎわう〉

銭形平次でも有名で、名前が刻まれた碑が境内にある。長谷川一夫や大川橋蔵が演じたドラマや映画の人気者だが、その原作は『銭形平次捕物控』。作者は野村胡堂《こどう》（一八八二～一九六三）で、報知新聞の学芸部長や社会部長などをつとめた。

岡本綺堂《きどう》の『半七捕物帳』に対抗できる作品をと、依頼されて連載をはじめた。司馬さんは連載時からのファンだったという。

〈平次にはシャーロック・ホームズのきざったらしさはなく、その上、市井の目明でありながら品がよくて半七の凄味がないかわりに、田舎司祭のようなやさしさがある〉

野村胡堂の文章に思いをめぐらせながら神田明神の銭形平次の碑を見学した司馬さんだった。

その司馬さんの姿を偶然見かけたのが神田明神の権禰宜《ごんねぎ》だった清水祥彦さん（五四）。勇気を出して声をかけたことがあった。その二十四年後は袴《はかま》の色が水色から紫の紋付きに変わり、権宮司《ごんぐうじ》となっている。

「銭形平次の碑は司馬さんがいらっしゃったころと変わっていません。昔ほどではありませんが、相変わらずファンの方が来て、ときどき聞かれます。『銭形平次のお墓はどこにあるんですか？』って」

本殿正面に向かって右に下る急坂は「男坂」と呼ばれ、下りていくと明神下になる。ここに銭形平次の家があったことになっている。

「明神下の長屋に、平次が恋女房のお静と仲良く暮らしていたというのが小説の設定ですね。明神下は江戸の昔から、芸者さんがたくさんいた繁華な一角でした。神社はホーリネスな（聖なる）場所で、一歩下りると歓楽街になっていることがよくあります。湯島天神も、新宿の花園神社さんもそうですね。聖なる空間を転換させるための場所、施設が神社にはつきもので、芸妓さんがいたり、飲み屋があったり、表と裏でついて回るんですね」

江戸末期、明神下の花街の芸者は「講武所芸者」と呼ばれた。

〈異名《あだな》から、色っぽさと俠《きゃん》がにおってくる〉

司馬さんは『胡蝶の夢』を朝日新聞に連載していた七〇年代後半、幕末の気分を少しでも感じようと、明神下の座敷にあがっている。そのとき、福丸さんという若い芸妓の木遣《きやり》が印象深く、「神田界隈」の取材のときにも、また福丸さんに会っている。

〈テニス・ボールのように弾《はず》んで、いいお座敷をつとめてくれた〉

その福丸さんも二〇一二年に亡くなったと、清水さんはいう。

「『男坂の石段上がるのがしんどいのよ』といいながらも、最後までお座敷をつとめられていました。ちゃきちゃきの、講武所芸者のきっぷをもった方でしたね」

神田明神の境内にある絵馬を見てみると、可愛らしい女の子のイラストを描いたものがある。なかには、願い事とは無縁のものもあり、清水さんが説明してくれた。

「痛絵馬《いたえま》というらしいですね。『ラブライブ!』という人気アニメとゲームがあり、主人公の女の子たちが男坂の石段を駆け上がるシーンがあったり、巫女《みこ》さんをしたりしている設定で、ファンにとっての〝聖地〟になっているんです」

男坂の石段に、主人公たちのフィギュアを置いて、熱心に撮影するファンが毎日のように訪れているという。将門も平次も、ガラッ八も驚くアキバ系ニューウェーブではある。

思い出の活字

司馬さんが「神田界隈」の取材をしていた一九九〇年秋、作家の永井龍男さん（一九〇四～九〇）が亡くなった。永井さんは神田猿楽町に生まれ育っている。錦華小学校に永井さんが入学したのは一九一一（明治四十四）年。この年四月九日、吉原で大火があった。映画「吉原炎上」の題材となった大火で、吉原遊郭や周辺を含めて約六千五百戸が焼けてしまった。

昼間の火災で、幼い永井さんは近所でメンコで遊んでいたそうだ。

「いま、吉原が大火なんだよ」

「そうだよ、だからお天とう様が、変な色しているんだよ」

と、友達と話したという。

〈子供ながら火事馴れしている〉（「神田界隈」以下同）

と、司馬さんは書いている。

永井さんは新築間もない明治大学の講堂が焼失した事件（一九一二年）も目撃してい

る。

神田っ子にとって火事はつねにホットニュースだった。

その永井さんが一九二三（大正十二）年に書いた「黒い御飯」という作品がある。永井さんの父親は印刷会社で校正係をしていた。

錦華小学校の入学式前、母親は、永井さんが着る紺がすりの普段着が古ぼけていることが気になっていた。そこで父は、江戸っ子らしい（？）解決策を持ち出す。

〈いっそ染めよう、おれが染めてやる、といった〉

丸染めにすると変な具合になると母親は危ぶむが、父親はいいだしたらきかない。

「子供の着るものなんか、さっぱりしていさいすればなんでも好いんだ。あした少し早く帰ってきて俺が釜で染めてやる」

いつもご飯を炊いている釜で着物を染めた。そのあと母親はていねいに釜を洗ったが、その日炊かれたご飯は黒かった。「黒い御飯」を食べながら、家族の誰かがいった。

「赤の御飯のかわりだね」

入学式のお祝いに赤飯を炊く時代の話である。

◇　◇

都市の品格は、老舗の数できまると司馬さんはいう。

〈老舗のできにくい業種に印刷がある。が、神田にはおどろくべきことに、老舗として

精興社がある〉

司馬さんは精興社《せいこう》の活版印刷が好きで、いくつかの著書を精興社の活字でと、出版社にリクエストしている。活版から現代の技術への移り変わりについては、一二六ページの「余談の余談」をご覧いただきたい。筆者は司馬さんのリクエストを受けていた中央公論社の担当者、山形眞功さんである。

その老舗、神田錦町の精興社の近くを歩きながら、司馬さんは記憶の中の活版工の姿を呼び起こしていた。

〈永井さんの父君のような人が、ほのぐらい電球の下で背をかがめ、めがねごしに鋳造活字の箱を見つめて油だらけになっている〉

それから二十四年、すっかりデジタルの時代を迎えているが、精興社の社屋はちゃんと神田錦町にある。

司馬さんとゆかりのある方がいた。中村勉さんで、一九三六（昭和十一）年生まれ、現在七十八歳。ずっと営業畑で、定年後に嘱託となったが、いまも「企画制作部長」の肩書がある。

精興社の創業は一九一三年で、二〇一四年で百一年。中村さんは実に約六十年も勤務し、社の歴史の隅々まで知っている。

「うちの会社でもいちばん長く私がいるらしいんですよ（笑）。最近ではお得意さんをまわっても、お世話になった方はひとりもおりませんね」

と、中村さんはいう。

「この三十年ぐらいは、地方の県市町村史の関係をやらせていただきました。いったん始まると、長丁場になります。最初は『茨城県史料』で、全五十巻ぐらいかな。全部で六百冊ぐらいは作ってきました」

司馬さんとの関わりがあったのは一九七七（昭和五十二）年だった。

文藝春秋の作品を書いていた司馬さん、校了が迫っていた。

「めったにないことですが、担当の方から、司馬先生と直接校正のやりとりをしてほしいと頼まれました。刷られたばかりのゲラを司馬先生に送り、無事やりとりは終了しました」

後日、はがきが届いた。

〈精興社のお仕事には、昔から、大きな尊敬をもっております。印刷の世界で、精興社のような会社があるのは、日本文化の誇りだと思っています〉

司馬さんは精興社の仕事ぶりをたたえたあと、さらに続けている。

〈『空海の風景』『木曜島の夜会』のきれいな活字は、愚作の印象をよくするのにどれだけ働いてくれたか、著者であるだけに、骨身にしみて思っております〉

中国西端の新疆《しんきょう》ウイグル自治区の取材前日に書かれたものだった。

中村さんはいう。

「宝物ですね。昔は、出版社だったら岩波書店、印刷だったら精興社、製本だったら牧製本印刷と決めて、それが理想であり、夢だといってくださった先生方が多かったんだそうです」

中村さんは、精興社を創業した白井《しらい》赫太郎《かくたろう》と同じ東京都青梅市出身。一九五五（昭和三十）年に入社した。

「私が来たころは、まさに司馬さんが書かれた『城砦のような』木造三階建ての建物でした。いちばん上の窓からは日本橋三越の看板が見えたはずです。まだ都電もたくさん走っていました」

神田の精興社の社屋の一部は、かつては住み込みの寮として使用された。中村さんは約十年間を寮で過ごし、最後は寮長になった。

「ストーブ用の石炭は会社から支給されていましたが、それを焚《た》く薪《まき》が必要で、それは支給されません。冬は社員が来る前に会社を暖めておく必要があります。そのため、毎週日曜の朝、上司と一緒に薪拾いをしました。会社のそばはどこでも、歩くといくらでも薪を拾えました」

薪集めが終わると、当時の娯楽はやはり映画だった。

「『太陽がいっぱい』を何回も見ましたね」

神田神保町には神田日活や徳川夢声が弁士をつとめた東洋キネマなど、数軒の映画館があった。小林信彦さんの『私説東京繁昌記』（中央公論社）には、

〈東洋キネマ、略して東キネは、東京でも名門の映画館であり、（略）ジェラール・フィリップの「花咲ける騎士道」や「シェーン」を観ている〉

〈神田は日本における映画館発祥の地でもある〉

とある。

「最初は下積みで、校正をお得意さんに届ける仕事。それを五、六年やりましたかね。最初は自転車で、それからスクーター。昭和三十年ごろだと、まだほとんど四輪車は走っていません。一本立ちして営業をやるころには、お得意さんとはほとんど顔なじみになっていました」

と、中村さんは回想する。

印刷を請け負う精興社があれば、出版社も製本所も、みんな神田に集中していたのである。営業部企画・制作室長、小山成一さんがいう。

「現在の神田は古本とスポーツ用品、楽器店の町といった印象が強いですね。しかし、印刷は千代田区の重要な産業でした。工場こそありませんが、出版社がたくさんあって地の利がいいので、今も印刷会社の事務所はいくつか残っています」

小山さんも一九七五（昭和五十）年入社のベテラン。中村さんよりはずいぶん後輩だ

が、活版印刷になじんだ世代だ。活版の文字は、目にやさしかったと小山さんはいう。

「紙に押して印刷するわけですから、そのぶん太くなるんです。そこまで計算して細くつくられているんですね。押して印刷しますから、字の周りに微妙な縁《ふち》がついて目にやさしくなります。今も『活版ぽく印刷してほしい』という注文がくることがあります。そんなときには、インクがにじみやすい紙を使って、わざとにじませたりすることもあります」

活版の書体は現在の「精興社書体」に受け継がれている。独自の明朝体で、ひらがなのカーブは健在。

小山さんは「神田界隈」を読んで驚いたという。

「精興社の『興』の字の中央が〝口〟じゃないんですよ。正確に〝コ〟となっています。初代社長の赫太郎が社名を決めるとき、易学者に相談して一画減らした『興』を使いました。パソコンなどでは出てこないし、ホームページでもこの字は使えません。ロゴみたいなものです。普通はなかなかそう表記されませんし、『興』で構わないのですが、司馬先生がおっしゃったんじゃないでしょうか。驚きましたし、うれしかったですね」

司馬さんの精興社へのこだわりがよくわかる。

◇ ◇

精興社が完全に活版印刷から撤退したのは一九九五年。司馬さんが神田を歩いた九〇年も、もはや主力ではなかった。
〈「活版工の碑」などは、むろんない〉
しかし、司馬さんは書く。
〈永井さんの父君のような、明治の活版工の姿を思いうかべると、胸があつくなる〉
活字にこだわる人々へのエールだった。

漱石と神田

夏目漱石（一八六七～一九一六）は神田となかなか縁が深い。

神田猿楽町の錦華小学校を卒業し、当時は神田にあった東京府立第一中学（現・日比谷高校）に入学している。中退し、麴町《こうじまち》の漢学塾の二松学舎で二年ほど学ぶ。漱石はのちにイギリス留学をするが、漢文が好きで、英語は嫌いだった。

しかし、当時も大学に入るにはやはり英語が必要になる。

〈英語を学ぶために、ふたたび神田にもどってきて、駿河台にあった英語塾成立学舎に入塾した〉（「神田界隈」以下同）

一年ほど頑張って一八八四（明治十七）年、十七歳で神田一ツ橋にあった大学予備門（のちの東大）に合格した。

同級生には高名な南方熊楠《みなかたくまぐす》、終生の友となる正岡子規などがいた。

子規もまた、神田淡路町にあった英語塾共立学校で学び、大学予備門に合格した。入学時の二人の下宿は神田猿楽町である。

子規は漱石を「畏友《いゆう》」と呼んだ。二人が仲良くなったのは二十二歳のとき。二人とも「寄席通」を自負し、三遊亭円朝や三代目柳家小さんを語り合ったようだ。二人がよく通っていたのも神田の万世《まんせい》橋近くにあった「白梅亭」や「立花亭」。神田は学業の町だが、繁華な場所でもあった。

漱石が通った錦華小学校は、一九九三（平成五）年、近隣の小学校二校と統合し、千代田区立お茶の水小学校となった。錦華小学校の名前はなくなったが、校舎はそのままで錦華小時代の碑が残り、漱石について刻まれている。

「吾輩は猫である
名前はまだ無い
明治十一年　夏目漱石
錦華に学ぶ」

錦華小の最後から二番目の校長だった栗岩英雄さん（八五）に会った。

「二十三代目です。錦華小学校の校長で生きているのは、私だけかな。錦華の名前が消えちゃうといけないから、当時の先生たちを集め、『錦華の友』という同人誌を作っています」

卒業生は多士《たし》済々《せいせい》である。

栗岩さんはいう。

「神田はいわゆる山の手インテリではない、庶民的文化人の多い街でした。漱石に永井龍男、文芸畑ではほかにも福田恆存《つねあり》や高橋義孝もそうですね。福田恆存から電話がかかってきたこともあります。私が越境入学の最初なんじゃないかって」

心理学者で『十五少年漂流記』の訳者、波多野完治さん、慶應の塾長だった石川忠雄さん、早大の総長だった清水司さんも錦華OBである。

「石川さんと清水さん、錦華小学校で対談をしてもらいたかった。幻の早慶戦ですね」

栗岩さんの自宅は新宿区。「四谷怪談」で有名な、四谷左門《さもん》町の於岩稲荷田宮《おいわいなりたみや》神社。

栗岩さんはその神社の禰宜《ねぎ》でもある。

「作家や講談師、舞台、映画の関係の人も、毎年よく来ますよ」

二十代のころ、詩人のサトウハチローのもとで詩を学んだこともある。

「七、八年ぐらいかな。学校が終わるとハチローさんの家に毎日のようにお邪魔してました。菊田一夫や山本直純、吉岡治といった方々を交えて酒盛りをして、解散すると一生懸命ノートに取りました。夜中までかかりましたね」

栗岩さんもまた、庶民的文化人のひとりだろう。

◇　◇

漱石本人もそうだが、漱石が世に出した登場人物も神田に縁がある。

〈親譲りの無鉄砲で小供《こども》の時から損ばかりして居る〉

という軽快な調子で始まる『坊っちゃん』がそうで、坊っちゃんは早くに両親を亡くした。理解者は世話を見てくれる女中の清だけである。

中学を卒業すると、あまり仲が良くない兄が、商売するなり学資にするなり好きに使えと、六百円をくれた。使い道を考えているとき、神田にさしかかったようだ。

〈幸い物理学校の前を通り掛《かか》ったら生徒募集の広告が出て居たから、何も縁だと思って規則書をもらってすぐ入学の手続きをしてしまった〉

無鉄砲のまま、入学してしまった〝物理学校〟のモデルが、東京物理学校、現在の東京理科大学だということはよく知られている。

この学校のスタートは一八八一（明治十四）年。東大理学部仏語物理学科のOB二十一人が始めた夜間学校「東京物理学講習所」で、創設者たちのモチベーションは高かった。

当時は、重力、電気、熱学、光学、数学などは、すべてフランス語で授業が行われていた。これらの理解が進まなくては〝文明開化〟もおぼつかない。創設者たちは全国各地から東大に集まってきた秀才で、使命感をもっていた。

東京理科大の歴史を描いた『物理学校』（馬場錬成著、中公新書ラクレ）によれば、彼らの目的は、

「習得した学問の知識を後輩たちに広く日本語で伝えることである」

というもの。司馬さんは、神田や本郷を取材中に、

「明治の東京は文明の配電盤の役割を果たしたと思うな」

とよくいっていたが、創設者たちはまさしくその配電盤になろうとしていたようだ。

東京理科大の神楽坂キャンパスにある「近代科学資料館」の顧問、竹内伸さんに会った。竹内さんは元東大教授。

定年後に理科大の基礎工学部で教え、学長を四年つとめたあと、資料館の館長に就任、その後、顧問になった。

「東大との縁は強いですね。理科大は理系の学校ですから、実験器具がないと始まりません。しかも当時は実験器具も輸入品で非常に高価でした。そこで創設者たちは、東大の物理学科の実験器具を運んできて授業をしています。東大は夜間の教育をしていませんし、創設者たちは昼間は仕事があります。夜になると借りてきて、授業が終わるとまた返す。この実験器具を貸すことに尽力したのは、山川健次郎です」

のちの東大総長、山川健次郎はまだ二十代後半で、東大の理学部教授だった。会津藩家老の家に生まれた山川は会津指折りの秀才だが、政治のむなしさが骨身にしみ、政界には進まず、教育に尽力している。

『創設から三年目に『東京物理学校』となり、創設者二十一人のうち、十六人が維持同盟員として残りました。多額の拠出金を出し、授業は相変わらず手弁当、それどころか

無断で休講すれば罰金でした。彼らの熱意がよくわかります」

入試はないが、卒業するのはとびきり難しかった。一八八六（明治十九）年だと、百六人の入学者に対して卒業生はたった一人である。

「当時は専門学校のような面もありましたからね。理系の勉強がどんなものかを物理学校で知り、卒業しないで蔵前の東京職工学校（いまの東工大）を受験する人は多かった」

今も昔も学校の先生になる人が多いようだ。

「昔の中等学校、師範学校の先生はたいていここの出身です。坊っちゃんもそうですね」

坊っちゃんは物理学校を卒業後に、松山中学らしき学校の先生となる。

〈『坊っちゃん』の主人公は、のんきそうにみえて秀才だし、篤実な勉強家だったとみえる〉（「神田界隈」）

と、司馬さんは書く。もっとも、

〈三年間まあ人並に勉強はしたが別段たちのいい方でもないから、席順はいつでも下から勘定する方が便利であった。しかし不思議なもので、三年立ったらとうとう卒業してしまった〉（『坊っちゃん』）

とあるから、坊っちゃんは特別扱いだったのか。

資料館や現在の理科大キャンパスには、「坊っちゃん」「マドンナちゃん」というキャラクターがあちこちにある。資料館の学芸員、大石和江さんがいう。

「漱石とのご縁もありますから、理科大のキャラクターとして使わせていただいています。マドンナちゃんは、〝科学のマドンナプロジェクト〟のイメージキャラクターですね。女子学生に敬遠されがちな理系の楽しさを知ってもらうために頑張ってもらっています」

漱石は物理学校のことはよく知っていたようだ。創設者の一人で、三代目の校長となる中村恭平は本郷西片《にしかた》町に住んでいて、近所に住む漱石を「金之助」と呼んでいた。前掲の『物理学校』によれば、

「恭平の日記には『今日も金之助が来た。相変わらず、ずうずうしい男である』と書き残している」

とある。遠慮のない付き合いだったようだ。

さらに漱石は熊本の五高（現・熊本大学）で勤務したことがあるが、ここでも創設者の一人、桜井房記《ふさき》に出会っている。漱石は持ち上がっていたイギリス留学の件で悩み、桜井に相談している。英仏の留学経験がある桜井は留学をすすめ、結果的に漱石文学の発展に寄与した。

さらに桜井は熊本に伝説を残してもいる。学芸員の大石さんは熊本出身だ。

「すごく真面目な方だったんで、校長時代、宣誓書という形で、寮での禁酒令を出したんですね。大反発をくらったそうです（笑）。熊本で焼酎飲むなといってもねえ。桜井先生は、『酒を飲まなければ、君たちはもっといい成績を取ることができる』と、あくまで物理学校流を貫いた。五高では、尊敬されたけれど、禁酒令の先生としても有名です」

◇　◇

せっかく物理学校を出て先生になった坊っちゃんだが、赤シャツと野だいこに卵をぶつけ、辞めてしまう。

そのあと、東京に戻って清をよろこばせ、街鉄《がいてつ》（都電の前身）の技手になっている。堅実な生き方は物理学校OBにふさわしくもある。

夜学は灯火親しむ秋の季語に入っている。司馬さんは一九九〇年秋、漱石や、夜学だった明治、中央、専修、そして東京物理学校などを思いつつ、神田を歩いていた。

〈夜、そのつもりで駿河台の坂をくだってみたが、いまの東京は灯火が多すぎて、季語としての夜学の実感も情趣もなかった〉

と、残念そうである。

余談の余談❷

学校の創立者と初代校長　司馬さんの「四捨五入」論　山崎幸雄

「神田界隈」では神田淡路町にあった共立学校が何度か登場する。何人かの仲間が「同志相寄《あいよ》って建てた」（だから「共立」というのが司馬さんの説）英語学校で、現在の開成高校である。

「君はあそこの出身だったよなあ」

と、司馬さんから電話がかかってきたことがある。

校史では共立学校の創立者は旧加賀藩士の佐野鼎《かなえ》、初代校長が旧仙台藩士で後の首相・高橋是清となっている。その事情を知りたいということだった。明治四年、佐野らが学校を創立したが間もなく佐野は病死して廃校に。その後、神田に住む出資者のひとりが、その部屋を借り翻訳業で食っていた若い高橋に声をかけ学校を再興した。そんなふうに司馬さんに返事した。

活字になった「神田界隈」では高橋是清の名前は出てくるが、佐野鼎は出てこない。

しばらくして司馬さんに会ったら、「調べてもらって悪いけど、ああさせてもらったよ」とのことだった。

それで思い出したのが、司馬さんから何度か聞いたことのある「四捨五入」の話だった。自分は作家として時に大胆に四捨五入することがある。それによって物ごとの本質をくっきりさせるためだ。学者や関係者から捨てた「四」について突っ込まれることもあるが、考えた上でのことだから気にしない。そんな趣旨だった。

この場合も、複数の名前を出して読者を困惑させるより高橋で代表させるほうがいい、それに現在の学校を実質的に創設したのは高橋――そんな考えではなかったろうか。

これはささやかな事例にすぎないけれど、日露戦争は祖国防衛戦争だったという司馬さんの判断や、統帥権の暴走が昭和国家を破滅させたという説を読むたびに、「この国のかたち」をくっきりさせた「四捨五入」に思い到る。

余談の余談❸

活版から電子書籍まで　印刷を変えた「時代の波」

山形眞功

「神田と印刷」章は、司馬さんの、活版印刷とそれを支えてきた人びとへの挽歌と読める。「活字や活版が盛大におこなわれるようになるのは、明治初年からである」とし、活字と活版印刷の作業工程が書かれている。

昭和四十（一九六五）年に出版社に就職した私は、四月早々に印刷会社見学。活字鋳造機に始まり、金属製の四角いマッチ棒のような活字が何千本も詰まった活字棚からの文選作業を見る。手書きの原稿を見ながら、指定の大きさの逆字になっている活字を一字一字、文選箱に拾ってゆく。

次に、本文一ページに一行何字で何行にし、行間はどのくらいに広げるかなどの指定をもとに、文選箱の活字とインテルという薄く細長い金属板などを使って組み版をつくってゆく植字作業。

それからゲラ刷りをとり、何段階かの校正と訂正を経て責了、紙型から鉛版を作製して印刷となる。

こういう工程のなかでとりわけ、文選と植字の、細かで集中力を必要とする大勢の人力作業に圧倒された。校閲と製作のベテランから、一冊の本を出すためにどれだけ人の手がかかっているかを肝に銘じろと、厳しく言われた。

だが、各印刷会社の技術革新が進み、活版印刷は昭和五十年ごろにオフセット（平版）印刷に移行してゆく。「活字の書体やインキの色のぐあいがじつにうつくしい」精興社の「手作業としての活版印刷の部門は数年前、歴史を閉じた。時代の波である」。そう司馬さんが書いてから二十数年、いまの組み版形式は電算写植やＤＴＰ（デスクトップ・パブリッシング）となった。精興社書体は、電算写植の書体となって活きている。

けれども、印刷による紙の本の売れ行きは振るわず、電子書籍の普及が取りざたされている。司馬さんの「時代の波である」がしみじみ重く感じられる。

漱石と鷗外の「本郷界隈」の世界

漱石への共感

私が司馬さんの担当になったのは一九八九（平成元）年からの約六年間だった。司馬さんはずっと夏目漱石のことを考えていたように思う。

「神田界隈」では『坊っちゃん』を取り上げている。主人公の坊っちゃんは神田の東京物理学校を卒業、松山中学の教師になる。

〈この小説は、「おれ」が自分の〝無鉄砲〟を語る一人称小説で、落語の話し方《スタイル》にちかい〉

漱石は一作ごとに文章のスタイルを変えていく。『草枕』や『虞美人草』の美文調を経て、『三四郎』の文体になる。講演「漱石の悲しみ」（一八二ページに再録）で司馬さんは語る。「漱石の本領はやはり、晩年の作とか、『三四郎』でしょう。明晰な文体で書かれ、しかも退屈しない」（『司馬遼太郎全講演４』朝日文庫）

この講演は「本郷界隈」の取材中に行われた。東京都立川市の朝日カルチャーセンターでは約三百五十人の聴衆が聴き入った。二時間半の熱弁をふるった司馬さんだったが、この日の仕事はこれで終わりではなかった。

この夜、文化功労者に選ばれた記者会見にのぞんでいる。

「このごほうびは、二十二歳の私がいただいたものと受け止めます。私の小説は『日本とはこうなんだよ』と、二十二歳の私に書き続けた手紙でした」

司馬さんはこのころ、「国民的作家」と呼ばれることが多かった。

漱石は昔も今も「国民的作家」であり続けている。ロンドン留学から帰った漱石は、日露戦争の〝勝利〟にうかれる日本に失望し、『三四郎』に登場する広田先生に、

「(日本は）亡びるね」

といわせている。

司馬さんも九〇年代の日本にはかなり悲観的な目を向けていた。同じような立場にいた作家だけが持つ危機感、そして漱石に対する共感が、司馬さんにはあった。

漱石と苦沙弥《くしゃみ》先生

「本郷界隈」の取材にあたり、司馬さんがいっていた。

「本郷は上品そうなところだからね、大勢でぞろぞろ歩くのはやめて、ひっそり回ろうか」

『街道をゆく』の取材には各社の担当編集者が同行することがよくあった。旅先だと十人以上になることもざらで、さすがに東京のど真ん中ではと、目立つのを恐れたようだ。

こうして司馬夫妻と新米担当者の私の三人で本郷を回ることが多かったが、私は困ったことに方向音痴なのである。

そのため「弥生式土器発掘ゆかりの地」（文京区弥生二丁目）、「朱舜水先生終焉之地」（東大農学部構内）といった簡単なポイントになかなかたどり着けない。

司馬さんはだんだん厳しい視線を私に向けるようになった。取材ノートに書いている。

〈五月十七日　東大文学部

……村井（担当者）が部屋をみつけるべく走りまわり、小生待っている〉

もっとも司馬夫妻も方向音痴なので、人のことはいえない。「菊富士ホテル跡」（本郷五丁目）がわからず、三人で住宅街をウロウロしていると、近所の女性に呼び止められたこともあった。

「どちらに行かれるのです」

と、言葉は丁寧で笑顔だったが、目は笑っていない。

「とがめだてされちゃったね。さすがは本郷だな」

誰何《すいか》されたことを喜び、妙に感心する司馬さんだった。

司馬夫妻は自宅近くを散歩するのが日課である。

街歩きは好きで、本郷歩きも楽しんでいたと思う。本郷三丁目交差点の雑貨店「かねやす」で小さな硯《すずり》を買い、東大生にまじって本郷六丁目の喫茶店「ルオー」で名物のセイロンカレーを食べている。

昔から本所深川は橋で覚えるが、本郷は坂で覚えろといわれる。

坂もずいぶん歩いた。

団子坂、炭団《たどん》坂、菊坂、新坂、根津神社の裏門坂、無縁坂、藪下の道……。壱岐《いき》坂を上った辺りで、坂の上から旧知の歴史学者が下りてきたこともあった。挨拶を交わして別れた後、司馬さんがつぶやいた。

「本郷というのは、坂の上から学者が散歩して下りてくる。やっぱりおもしろいところやな」どの坂も昔から学者や作家が上り下りした。森鷗外、樋口一葉、正岡子規、そして夏目漱石（一八六七〜一九一六）が上り下りした坂でもある。

このころの司馬さんの頭のなかには常に漱石の存在があっただろう。同時期に書かれた『風塵抄』（中公文庫）の「悲しみ」という章にある。

〈どういうわけか、ちかごろ漱石のことが懐かしくてたまらない〉

漱石は本郷の住人でもあった。

千駄木時代に住んでいた家について、司馬さんは書いている。

〈平家《ひらや》で、軽快な屋根勾配《こうばい》をもち、数寄屋《すきや》ふうのあかるさがある〉（『街道をゆく37本郷界隈』）

この家に漱石が住んだのは一九〇三（明治三十六）年三月からの約四年だった。漱石は二年余りのロンドン留学から帰ってきたばかり。東京帝大と一高で英語講師として教鞭をとり、さらには明治三十八年に『吾輩は猫である』の連載を開始、一躍人気作家となっていく時代である。

当時の住所は本郷区駒込千駄木町五十七番地（現・向丘二丁目）で、家賃は二十五円。現在は日本医科大学の敷地に石碑があるだけで、建物は愛知県犬山市の明治村に保存されている。明治村でも有数の人気を誇る「猫の家」である。

不思議な因縁があり、この家には明治二十三年から森鷗外（一八六二～一九二二）も一年ほど住んでいたことがあった。

鷗外は最初の結婚に失敗した直後で、この家で「うたかたの記」などを執筆、その後、

少し離れた団子坂上に住むようになった。それが終の棲家となった「観潮楼《かんちょうろう》」（千駄木町二十一番地、現・千駄木一丁目）で、司馬さんが訪ねたときは跡地が「文京区立鷗外記念本郷図書館」となっていた。現在の「文京区立森鷗外記念館」である。森鷗外記念館から「猫の家」の石碑までは歩いて十分もかからない。つまり、鷗外と漱石はごく近所に住んでいたことになる。

◇　◇

二人ともよく散歩していたことで知られる。近所なのでコースも似ていただろう。正岡子規の句会ですでに会っていた（明治二十九年）こともあり、散歩の途中でヤアヤアと挨拶することぐらいあったのではないか。『鷗外の坂』（中公文庫）、『千駄木の漱石』（ちくま文庫）などの著者、作家の森まゆみさんに聞いた。

「私もずいぶん調べて、二人は六回ほどは会っています。ただし漱石が千駄木に住んでいた約四年のうち、鷗外は二年ほどは日露戦争に行っていますからね。ほぼすれ違いです。それにどこかで会っていたら、二人のことですから書くでしょう。お互いに認め合いつつも、濃い関係ではない。両雄見合って見合って物別れになったような感じがします」

『千駄木の漱石』には「漱石と鷗外」という章があり、二人の食べ物の好みが比較されていて楽しい。

二人ともあまり酒は飲まないが、ビールは飲む。鷗外は葉巻で、漱石は「朝日」をよく吸った。

〈衛生学者鷗外は生の物は食べず、あっさりした葉っぱのおひたしや煮物を好み、いっぽう漱石は胃弱のわりにこってりした西洋料理が好きで、刺身も好んだ。鷗外はご飯の上に饅頭を割って茶漬にし、漱石はトーストに砂糖をのせて食べた〉

漱石の嗜好では〝ジアスターゼ〟が効きそうもないし、鷗外の饅頭茶漬はいかがなものだろうか。

森さんはいう。

「漱石と鷗外のどちらが好きですかと聞かれることがよくあるんですが、作家の山田風太郎さんがおっしゃっていました。『モモとナシとどっちが好きかといわれるようなもんで、どっちもおいしいよね』と。二人は対照的ですね。鷗外は日本語の使い方に厳格ですが、漱石は平気で当て字も使う。鷗外の文章は美しく、漱石の文章はわかりやすい。しかも鷗外にはない空想力とユーモアがある。散歩の仕方も違います。鷗外の散歩はきちっとしています。毎日出かけるし、時間もコースもだいたい決まっている。漱石はいい加減ですね。あまり一人で歩いているフシがなく、教え子の寺田寅彦あたりが『先生、散歩しましょう』と誘えば出かけて、洋食でも食べるかという感じ」

二人とも子どもが多い。

鷗外は三男二女、漱石は二男五女のお父さんだった。

鷗外には子どもを連れて散歩に行くというほのぼのしたエピソードがよくある。いいお父さんだったようだが、漱石はタイプがだいぶ違うようである。

「最初の結婚は失敗しますし、その後も嫁姑問題などいろいろ悩むことになりますが、鷗外は基本的には均整のとれた家庭人でした。子どもたちの教育にもよく気を配っています。対照的に漱石は基本的に機嫌が悪い。神経を病み、奥さんの鏡子さんやお子さんたちをずいぶん泣かしている。私だったらごめんですね。でも、司馬先生は『本郷界隈』ではそういう漱石の暗部については、あまりお書きになっていませんね」

夏目漱石の生誕百年だった一九六六（昭和四十一）年、長女の松岡筆子さんが講演をしている。その講演録「夏目漱石の『猫』の娘」（半藤末利子『漱石の長襦袢』文春文庫）を読むと、夏目家の苦労が偲ばれる。

〈『吾輩は猫である』の中に、私は上の娘、トンコとして登場して参ります〉

と、筆子さんは自己紹介する。

トンコと妹のスンコ（恒子さん）も『猫』の重要人物で、残り物のパン切れに砂糖をつけようと張り合い、猫に小ばかにされたりする。

しかし、千駄木時代の漱石は『猫』の苦沙弥《くしゃみ》先生のようには甘くない。幼い姉妹をときに書斎にとじこめたり、小突いたりしていたようだ。

〈私達ばかりでなく、母も大方髪でも摑まれて引きずりまわされたのか、父の書斎から髪を振り乱して、目を泣きはらして出てくるのを、私はしばしば見かけたものでした〉

一方で、寺田寅彦のように慕ってくる教え子や友人にはなごやかに接している。

〈こんな時代に、何の苦もなく、『吾輩は猫である』を父は書き続けていたのですから、私には、それが不思議でなりません〉

いちどは姉妹を連れて家を出た鏡子夫人だったが、覚悟を決めて漱石と暮らし続ける道を選んだ。

〈あの母だからこそあの父とどうやらやっていけたのだと、むしろ褒めて上げたい位な節が数多くあるのです〉

と、筆子さんは話している。

◇　◇

司馬さんも「猫の家」のあった辺りまで歩いた。しばらく佇《たたず》んでいたが、よすがは何もない。

「ここまで来たんだから、せっかくだから落雲館中学に行ってみよう」

といって笑った。

『猫』の名場面のひとつに「苦沙弥先生 vs. 落雲館中学」がある。

〈苦沙弥先生は、鼻毛を抜いている。

そこへボールがとびこんでくる。

そのボールを追って、家の庭に生徒が闖入《ちんにゅう》する。そのつど苦沙弥先生がとびだして行ってどなる〉（「本郷界隈」以下同）

『漱石の思い出』（夏目鏡子述・松岡譲筆録、文春文庫）にも、この場面が出てくるから、漱石は相当イライラしたに違いない。

もちろん落雲館中学はなく、郁文館（現・郁文館中・高校）のこと。学校はすぐに見つかった。

〈市中だから、郁文館も校庭が狭からざるをえない〉

放課後の大歓声が響き渡るなか、司馬さんはまっすぐにグラウンドめがけて歩いていった。野球をやっているグループもあれば、テニスをやっているグループもあった。

〈やがてボールがするどく私の頭上をかすめた〉

危機一髪、首をすくめてすばやくかわした。運動神経は、意外に見事だった。

美禰子《みねこ》の魅力

漱石は一九〇六（明治三十九）年暮れ、本郷千駄木の「猫の家」から本郷西片町に移った。『吾輩は猫である』のあとに『坊っちゃん』『草枕』などを発表、すでに人気作家である。

翌年には東京帝国大学などに辞表を出して朝日新聞社に入社。『虞美人草』『坑夫』『夢十夜』のあとに連載したのが『三四郎』（明治四十一年九〜十二月）だった。

舞台は明治四十年ごろの東京。主人公の小川三四郎は二十三歳で、熊本の高等学校を卒業、東京帝国大学に入学するために上京する。

三四郎はうぶな青年である。

汽車の道中、乗り合わせた女性と名古屋で途中下車する。汽車が名古屋止まりで、翌朝の始発まで待たなければならない。女性から「一人では気味が悪いから」といわれ、駅前旅館に泊まることになる。同じ部屋、しかもひとつ布団で一夜を過ごし、緊張しつつも何事もなし。朝になって別れ際に女からいわれる。

「あなたは余っ程度胸のない方ですね」

女はにやりと笑った。

〈二十三年の弱点が一度に露見した様な心持であった。親でもああ旨《うま》く言い中《あ》てるものではない〉

しかし、三四郎は気を取り直すことにした。

前途は有望なのだ。

〈これから東京に行く。大学に這入《はい》る。有名な学者に接触する。趣味品性の具《そなわ》った学生と交際する。図書館で研究をする。著作をやる。世間で喝采《かっさい》する。母が嬉しがる〉

新橋に着いた三四郎は〝東京〟に吸い込まれていく。

〈三四郎が東京で驚いたものは沢山ある。第一電車のちんちん鳴るので驚いた。それからそのちんちん鳴る間に、非常に多くの人間が乗ったり降りたりするので驚いた。次に丸の内で驚いた。尤《もっと》も驚いたのは、何処《どこ》まで行っても東京が無くならないと云《い》う事であった〉

さらにはミステリアスな女性に出会う。

帝大構内の池畔で、看護婦に付き添われて現れる女性だった。

〈二人の女は三四郎の前を通り過ぎる。若い方が今まで嗅いでいた白い花を三四郎の前

〈落して行った〉

秋の夕日に女が浮かび上がる。一瞬にして三四郎の心を奪った女性は、里見美禰子《みねこ》といった。

年齢は同じぐらいだが、美しい発音で英語を話し、バイオリンを弾くこともできる。故郷で三四郎を慕う〝三輪田の御光《おみつ》さん〟は色黒だが、美禰子は白い。研究者である里見恭助という兄と二人で暮らし、リッチな生活を送っている。

司馬さんは評論集『漱石作品論集成』（桜楓社）の第五巻『三四郎』を読み、その感想を「本郷界隈」に書いている。

〈研究家たちの論文のほとんどが美禰子論だったのがおもしろかった。漱石は、それほどあざやかに美禰子を造形したのである〉

さらに講演「漱石の悲しみ」（原題「私の漱石」、一九九一年）で語っている。

〈私は子供のときに、漱石は女の人をうまく書けないなと思っていた。それはとんでもない誤りでした。年をとって読み返すと、これは名人ですね。美禰子さんをつくり出すというのは名人というほかにありません〉（『司馬遼太郎全講演４』）

さまざまな人物が登場する。

三四郎と同郷の先輩、野々宮宗八は理科大学の研究者で、やはり美禰子が好きらしい。狂言回し役の佐々木与次郎は三四郎に東京を教え、いらぬ騒ぎに巻き込む。

「(日本は) 亡びるね」

とのひと言で、三四郎に衝撃を与える高等学校の「広田先生」もいる。

美禰子、野々宮兄妹、広田先生と団子坂の菊人形を見に行く場面がある。美禰子が少し気分が悪くなり、三四郎と美禰子は団子坂の喧騒を離れ、谷中を流れる藍染川(いまは暗渠)沿いでしばらく休息する。

三四郎最大のチャンスだったが、相変わらず何事もなく、帰ることになる。

このとき、美禰子がいった。

「迷子の英訳を知っていらしって」

三四郎がポカンとしていると、

「迷える子《ストレイシープ》――解って?」

わかるもなにもなく、ただ茫然と美禰子の顔を見ていると、

「私そんなに生意気に見えますか」

三四郎、キリキリ舞いである。

◇　◇

『漱石2時間ウォーキング』(中央公論新社)の著者、井上明久さんはいう。

「三四郎の年頃だと、『かなわねえなあ』と思ってしまう女性に憧れの気持ちを持ちます。東京者と地方出身者という対比もあります。熊本から出てきてチンチン電車にも驚

く、なんにでもビビッドに反応する、うぶな青年です。文明的に美禰子に振り回されるM的な快感を、漱石は実に上手に描いています。三四郎には無理な相手なんですが、あんな女性がいたら惚れますよね」

井上さんは千代田区神田錦町生まれの東京っ子。中央公論社に勤務時代はファッション雑誌「マリ・クレール」の編集長を六年間務めた。映画評論家としてのペンネームは「里見恭助」と、やはり美禰子に魅かれているようだ。

「漱石の作品のなかでも『三四郎』は僕にとって特別な作品です。本郷を中心とし、千駄木や谷中をこんなにも愛情もった視点で描いてくれた作品はほかにない。三四郎と美禰子が作品のなかで歩いた道はそれほどありませんが、僕の空想のなかで二人は縦横無尽に歩き回っています」

狂言回しの「与次郎」もお気に入りだという。

「よくぞ、こういう人物を創造してくれたなと思うほど好きですね。軽薄で、新しもの好きですが、美禰子については冷静に分析します。『あんな女に惚れたって、いっしょになれるわけないじゃないか、だいたいあと五、六年経ってみろよ、俺たちの方がずっと偉くなってるぜ』と、世知に長けたこともいう。新しき女とかハイカラとかもてはやされても、結婚後も続けるのは無理だろうと予測する。欧米流の自我の主張の拡大が、本当に人間を幸せにするだろうかという、漱石のテーマでもありますね」

主人公の三四郎はふわふわしている感じだが、ロンドン帰りの漱石もふわふわしていたと、井上さんは思うことがある。

「漱石の留学は成功したとはいい難いですね。思うような成果を上げることができずに帰国してみると、親しみなじんだ東京はもうなかった。急ピッチで破壊と建設が繰り返されている町を歩き回り、どこに自分はいるんだろうと感じた。そういう気分が、帰ってきた当座の漱石にはあり、その感覚が三四郎に託されている気がします」

井上さんは『漱石2時間ウォーキング』に書いている。

〈漱石が小説を書いたのは三十八歳から四十九歳までのおよそ十年間だが、その作品の主人公たちはおおむね二十代から三十代半ばぐらいまでである〉

井上さんはいう。

「青春のさなか、あるいは青春が終わりかけた男を書き続けています。漱石の感性の瑞々しさもありますが、これは漱石の前にいつも年下の学生や友人たちが集まっていたことが大きい。家で暴れる漱石に手を焼いていた鏡子夫人にすれば腹の立つところですが、漱石は若い友人たちには優しい人でしたから」

『猫』にはじまり『明暗』に至るまでの文体の変貌について、再読するたびに驚かされるそうだ。

「『虞美人草』で美文を書いたかと思えば『三四郎』では平明な文章に戻り、『門』ではくすんだセピアのような文体を見せる。十二年ほどの作家人生のなかで、こんなに文体を幅広く変貌させた作家はいないと思います。ですから今日は『猫』的な気分で笑おうと思ったり、『門』でしんみりしたりとか、『三四郎』で若者っぽくなってみようとかね、そういう楽しみが漱石にはあります」

◇　◇

漱石門下生の森田草平が日本女子大出のお嬢さん、平塚明《はる》（らいてう）と恋愛し、心中を疑われる騒ぎを起こしたことがある。漱石が『三四郎』を書く数カ月前だった。

司馬さんが「本郷界隈」を書く前に、この話を担当記者の私（村井）に話してくれたことがある。

「漱石は森田草平の泣き言を詳しく聞いて、『そういう女性のことは、私にはわかる気がする。いずれ書くから』といったそうだ。漱石には女がよくわからないという人もいるけれど、恋愛、女性についてはよくわかっているという自信があったと思うね」

そのとき、ふと、司馬遼太郎はどうなのだろうと思った。

鷗外の坂

鷗外が団子坂上に一軒家を建てたのは一八九二（明治二十五）年だった。現在の「文京区立森鷗外記念館」（文京区千駄木一丁目）で、当時の住所は本郷区駒込千駄木町二十一番地。

鷗外は、

「観潮楼」

と名付けている。

かつては団子坂上から品川の海が見えたというが、「海外」という意味もこめたのではと、司馬さんは思ったようだ。鷗外は明治十七年から四年間ドイツに留学している。〈その後も、〝西洋〟をのどもとまで浸《ひた》すという濃密な日々を送った。（略）ドイツ医学の日本化と、西洋から渡来した美学と文学を自己のものにするための日々である〉（「本郷界隈」以下同）

三十歳の鷗外は陸軍軍医であり、すでに「舞姫」「うたかたの記」「文づかひ」を書いていた。アンデルセンの『即興詩人』の翻訳を開始したのも明治二十五年である。

〈観潮楼という語感は、単なる漢詩文趣味を超えたものであったろう〉

司馬さんは「本郷界隈」のなかで、鷗外の「団子坂」という作品を紹介している。明治四十二年の小品で、登場人物は二人。女は稽古帰りか、ヴァイオリンを持っているお嬢さん。男は帝大の学生らしい。二人のジャブのような会話が続く。

「あなたはこんな事をいつまでも継続しようと思っているのですか」

「そうならそうで好《よ》くってよ」

〈主題は、男女に〝清い交際〟というものがありうるかということである〉

やがて男はいらいらしてくる。

「こんな事は継続が出来ない。早晩どうにか変化せずには已《や》まない」

「意志次第ではないでしょうか」

「僕の意志は弱いということを、僕は発見したのです」

男はプラトニック打破を宣言、女はゆらゆら抵抗する。

〈こまったことに、女はそういうやりとりに知的な快感をおぼえているらしい〉

ここで物語は、突然、夏目漱石の『三四郎』の話題に入っていく。

三四郎と団子坂を歩き、雑踏で気分が悪くなった美禰子は、人気のない小道に三四郎を誘う。小川が流れ、やがて根津に抜ける石橋の辺りまで来た。このあと、

「ストレイシープ」

と、囁かれて三四郎はオタオタするのだが、「団子坂」の男女も石橋まで来て女がいう。

「もう橋の処へ来ましたのね」

「三四郎が何とかいう、綺麗《きれい》なお嬢さんと此所《ここ》から曲ったのです」

『三四郎』の連載は「団子坂」の前年秋のことだった。話題となり、鷗外もよく読んでいたのだろう。

〈べつに私がおかしがることはないが、観潮楼主人の鷗外がどんな顔つきでこのくだりを書いていたのかを思うと、意味なくおかしい〉

なおも『三四郎』の話題が続く。

「えゝ。Stray《ストレエ》 sheep《シイプ》!」

「僕なんぞはどうかすると、wolfになりそうです」

「あしたはわたくしも決心して参りますわ」

この作品を書いたとき、鷗外は陸軍軍医総監だった。意外と明治は粋な時代だったのかもしれない。

◇　◇

『鷗外の坂』などの著者で作家の森まゆみさんは「本郷界隈」を読んで、「やられたな」

と思ったそうだ。

「『団子坂』に注目されるとは、さすがに目の付け所が違いますね。目を留める人がまずいないマイナーな作品ですから。坂を上り下りしつつ、男女関係の機微を描く漱石と鷗外を対比しています」

森さんは地域雑誌「谷中・根津・千駄木」（一九八四年十月〜二〇〇九年八月）の編集に長く携わった。創刊翌年の第五号の企画のタイトルは、「森さんのおじさんと散歩しよ！」で、記事の前文にある。

〈明治の人はよく歩く。なかでも鷗外はよく歩いた。（略）鷗外は歩くことそのものを愛していたようだ。そしてこの街も。街の人は歩く鷗外を見かけ、親しんだ。（略）この特集は「鷗外を歩く」ではなく、「鷗外が歩く」である〉

「一九八五年ごろには団子坂辺りに住んでいる人のなかに、鷗外を実際に見た人がかなりいたんですね。文豪鷗外は、彼を慕う弟子たちによってカリスマになりましたが、私は等身大の鷗外を知りたかったんです」

当時、集めた「証言」を紹介すると、魚屋の大奥さんが、

「ヒゲがいかめしく、考え深そうな顔で馬に乗る姿に憧れました」

といえば、畳屋さんは、

「先生は馬に乗るのがお上手でなく、しがみついてるみたいだった」

という。ちなみに鷗外が乗った馬が白山上《はくさんうえ》で暴れだし、話題になったこともあったそうだ。

カメラ屋の関根キンさん（九六）の母スミさんは仕立物の腕がよく、

「スミさんでなければ」

と、鷗外はいう一方、

「そんな根をつめる仕事ばかりしてちゃいけない、菊が咲いたから見においで、と仰言って、伺うと奥様が『よくおいでになりました。ゆっくり遊んでいらして』、とお寿司をとって下さいました」

団子坂上の女性は伯母さんの思い出を話している。

「私の伯母が森さんの髪結いをしてましたが、『森さんは面喰いだよ』、と言ってました。嫁貰うなら親見て貰え、年とった時の顔がわかるからと仰言ったのですって」

森まゆみさんはいう。

「鷗外は亡くなる大正十一年まで千駄木にいました。六十年の人生の半分を団子坂で過ごしたのですから、たとえ有名な文学者で、偉い軍医でも、町の人には特別な人ではない。そんなフラットな目線で鷗外を見たらおもしろい。妻のしげさんは鷗外を大事にするあまり、悪妻のようにいわれていたけど、町の人にはキップのいい、ざっくばらんな人でしたね」

森さんの『鷗外の坂』には「無縁坂の女」という章がある。

鷗外は明治二十二年に赤松登志子と結婚、長男於菟《おと》が生まれたが、約一年半で離婚した。

荒木しげ（茂子）と再婚したのは明治三十五年で、長女茉莉《まり》、次男不律《ふりつ》、次女杏奴《あんぬ》、三男類《るい》が生まれている。再婚するまでのあいだ、母の峰（子）のすすめもあって、児玉せきという女性と深い関係にあった。

〈正妻がいないのだから二号と書くのも憚られ、妾と書くのもピンとこない。恋人ともいいにくい〉

と、森さんは書いている。

「せきさんは、鷗外の小説『雁』のヒロイン、お玉のモデルだと思っています。写真を見ると、切れ長の目をした、涼しいけれど寂しそうなお顔です。『雁』のお玉の容貌、気立て、生い立ちの描写に酷似しています。鷗外の小説は体験をもとにした作品が多く、『雁』は典型ですね」

『雁』は無縁坂が舞台。高利貸に囲われたお玉が、帝大生の岡田に淡い恋心を燃やす物語で、明治四十四年から書かれている。

「岡田よりも高利貸の末造の心理描写が細かく描かれている。末造は鷗外その人ですね。自分を作中の登場人物にしたとき、『舞姫』もそうですが、自分に点が辛い。『雁』でいえば、児玉せきさんに対する贖罪の気持ちがあったかもしれません」

せきも千駄木に住んでいた。鷗外の家のすぐ近くである。末造とお玉の家もごく近い設定になっている。「再婚したしげが若くて美人だというので、嫁入りのとき、千駄木の人たちは大騒ぎでした。せきさんも電信柱の陰から見ていたそうです。どこまで人が良いのかと思いますが、私はせきさんが好きですね」

さて、再婚したしげと母峰の折り合いはよくなかったようだ。日露戦争に鷗外が従軍していたときは、しげは長女の茉莉を連れて実家のある芝明舟《しばあけふね》町に帰っていた。

凱旋は明治三十九年の一月。鷗外は宮中に参内し、家族の待っている団子坂に帰った。ここにしげの姿はない。祝宴が終わり、鷗外は妻の待つ芝まで歩いた。午前二時すぎに到着した鷗外は戸をたたきながら、

「開けてくれ、俺だ、俺だ」

と、叫んだという。大変な凱旋の夜だったことになる。

「漱石が母を早くに失い、養子に出されるなど、家庭には恵まれなかったのに対し、鷗外は全く逆です。ステージママのような母親に溺愛された。しかし、母と妻たちの関係は常に悪く、苦労は大きかった。家を仕切ることに関しては失敗しましたね。ただ、鷗外には漱石のような、女性への不信感はありません」

森さんはそれが作品にも影響しているとみている。

「私は漱石の小説に出てくる女性にあまり魅力は感じません（笑）。『虞美人草』の藤尾とか、『三四郎』の美禰子とか、男性は山の手のタカビーな感じの女に弱い。女から見ると、何を気取ってるのという感じです。中身を感じない。その点、鷗外の描く登場人物はりりしい。『最後の一句』のいち、『安井夫人』の佐代など、決然たるいさぎよさがあります」

森さんは『鷗外の坂』に書く。

〈「出世を争う官僚」「論争する文学者」「闘う家長」という見方もできよう。しかし、家族の記憶の中にある「微笑する鷗外」が、私の強く感得する鷗外である〉

子どもたちは「パッパ」と呼んでいたようだ。

「家に居づらくて散歩に出ることもあったかもしれませんが、どの子もよく散歩に連れていってもらいました。勉強を教えたり、不忍池《しのばずのいけ》から亀をマントに隠して持って帰ったり、クリスマスに樅《もみ》の木を飾ったり。優しいお父さんでしたね」

団子坂上の風景は、司馬さんが歩いたときと比べてもすっかり変わっている。ただ、森さんが書くように「挫折と栄光の坂を誠実に登り降りした」鷗外の風韻はいまもある。

崖下の才能

急坂の名前は炭団《たどん》坂という。

〈江戸のむかし炭団を商う人がいたからだとも言い（『改撰江戸志』）、またあまりに急で、ときに人が炭団のようにころがり落ちるからだともいう〉（「本郷界隈」以下同）

おっちょこちょいの子規なら何度か転げ落ちたのではないか。

石段を下りると、坂下の家並みは古風にしずまり、明治にまぎれこんだ感じがする。両側の軒先が迫るような一筋の狭い路地を入ると青のペンキで塗られた井戸のポンプがある。

司馬さんが歩いた当時は、

「樋口一葉の菊坂旧居跡」

という表示があった。

〈私はこのシリーズで、本郷の原形を書いている。べつに文学散歩をしているのではない。しかし露地奥から一葉女史に出て来られては、

手にある思いがする〉

それでも司馬さんは「本郷界隈」で一葉に二章を割くことになる。

〈不幸という〝生態〟のえがき方が毛彫りのように犀利《さいり》で、しかも詩がある。詩の有無が、十年後にあらわれる自然主義文学と一葉とのちがいといっていい〉

調べるうち、司馬さんも一葉の異様な迫力を感じたのかもしれない。

一葉は一八七二（明治五）年に東京に生まれた。住まいを転々とした後、明治二十三年に本郷菊坂町の路地奥の家に移っている。八丁堀同心の父親は明治後に東京府の下級役人となったが金策に苦労し、退職後は事業に失敗した。失意のうちに亡くなったあとに一家は菊坂町に来た。

一葉は十八歳である。

〈彼女は女戸主《おんなこしゅ》として、樋口家の貧を相続し、さらには母と妹を養って生計《たつき》の道を立てなければならなかった〉

三人で洗い物や仕立物を仕事にしたものの、借金には追いつかない。

一葉の本名は奈津。自分では夏子と称することが多く、友人には「なっちゃん」と呼ばれていた。

十四歳からは歌塾「萩《はぎ》の舎《や》」で和歌や源氏物語など王朝文学を学び、塾生のなかでセンスは卓越していた。自らの文才を信じ、原稿料などで生活する日を夢見て、「なっちゃん」は朝日新聞記者の半井桃水《なからいとうすい》に学び、職業小説家を目指すようになる。

このころ、ちょうど正岡子規は炭団坂上に住んでいた。一葉より五歳上で、ベースボールや句作に夢中の、前途洋々たる学生だった。

〈友人の夏目漱石も一度ならずこの崖の上の寄宿舎に同窓の子規をたずねてきているのだが、崖下に一葉という天才が陋居《ろうきょ》しているなど、知るよしもなかった〉

一葉が代表作の「たけくらべ」や「にごりえ」を書くのは明治二十八年、二十三歳のとき。文壇の評価を得るまでにはまだかなりの時間が必要だった。

◇　◇

一葉が本郷菊坂町の次に引っ越したのが下谷龍泉寺町（現・台東区竜泉）。かつての吉原遊郭が近かった。旧居跡近くに「台東区立一葉記念館」がある。一九六一（昭和三十六）年に開館し、一葉の肖像が五千円札になった二〇〇四（平成十六）年は大賑わいだった。専門員の近藤直子さんが当時の様子を振り返る。

「だいたい年間の来館者が約二万人なんですが、一気に五万人近くになりました。一日七千人になった日もあり、当時は木造二階建てだったので、『床が抜ける！』と心配したそうです。女性として初めて日本銀行発行のお札になり、一葉が高い志をもって生きたことが全国に広がったと思っています」

明治に職業作家を志すことは大変だった。近藤さんはいう。

「一葉は生涯に十四回引っ越しをし、『東京を転々とした旅人』と言われています。母と妹を養うため、安いところ安いところに移っていく。本郷菊坂で小説を書くのにいったん挫折し、筆を折る覚悟で下谷龍泉寺町に来て、吉原遊郭近くで駄菓子や荒物を売る店を始めました。稼ぎにはなりませんでしたが、これが結局、小説に生きてきます」

廓《くるわ》通いの客を乗せた人力車が行き来する裏道で、一葉は観察していたのだろう。遊女たち、廓内の仕事の請負人、さまざまな廓の客たち。

「廻れば大門の見返り柳いと長けれど、お歯ぐろ溝《どぶ》に燈火《ともしび》うつる三階の騒ぎも手に取る如く」

と、「たけくらべ」の冒頭にある。やがて遊女となる運命の少女を描くが、すんなりと読める人はあまりいないのではないか。

「正直言って読みづらさはあると思います。ただし、言葉の美しさや、一葉が得意とした和歌のリズムに乗った文体を感じてほしいですね。朗読の専門家は『五七五のリズムで読むと一葉はうまく読めるよ』と言われます。司馬先生は作家の視点から『詩がある』と素敵な表現をしてくださっていますね」

一葉は生涯に二十二作品をのこしたが、本郷菊坂では八作、下谷龍泉寺町では二作しか書いていない。

「結局、自分は物を書いて生きていくしかないと、十カ月弱で龍泉寺町の店を畳んで出ていきます。背水の陣で移ったのが本郷丸山福山町。肺結核で亡くなるまで『たけくらべ』『にごりえ』など次々に作品を生み出し、『奇跡の十四カ月』といわれます」

一葉の終焉の地となるのが本郷の丸山福山町（現・文京区西片）。再び本郷に戻ってきたことになる。『一葉樋口夏子の肖像』（續文堂）の著者、杉山武子さんは書いている。

〈貧困にさいなまれた後半生であったにせよ、一葉の生活の場が東京の本郷界隈にあったことは、幸福な、恵まれた条件だったのではないだろうか。その条件なくして、あの時代にはたして樋口夏子は樋口一葉になることができたであろうか〉

杉山さんの著書は一葉の日記を追い、人生を描く。一葉にのめり込むようになったのは二十代半ばで、最初から日記に魅かれたという。

一葉は十四歳から死の数カ月前まで日記を書いている。

「人はなぜ物を書くのか、何を書くのかを、一葉は日記で問いつづけています。売らんがための小説ではなく、明治の下層社会に生きる人たちの姿という対象をつかんだとき、堰《せき》を切ったように一葉の筆は走りだしました」

日記はまるで短編小説のようなくだりもあり、創作だとする意見もある。

「誇張はあるでしょうが、創作ではないと思います。日記を文章修業と考え、文体も変わっていく。微妙な心理を表現できるようになった修練の場所だったと思います」

日記には最晩年も金策に走る姿を赤裸々に記している。引っ越しの費用でお金はすべて底をついていた。日清戦争による物資不足やインフレも貧乏に拍車をかけている。

金策に走るとなると、

〈獲物を狙う豹の如く冷徹な狩人になった〉

と、杉山さんは書いている。

「ただし訪ねてくる人がいれば歓待し、無理して鰻をご馳走し、帰りに借金を頼んだりしています。丸山福山町の一葉は、いろいろなことから突き抜けていますね」

丸山福山町は新開地で、隣近所には「銘酒屋」があった。

「今の東京ドームあたりに砲兵工廠があり、工員たちが仕事を終えて立ち寄っていたようです。一階は暖簾がかかった酒瓶の並ぶ店でしたが、二階には女性がいた。吉原の花魁《おいらん》などの高級娼婦より虐げられていた女性が多く、刺す刺されるのと一葉に助けを求めてきた女性もいますね」

こうした経験から生まれた「にごりえ」などが評判を生み、作家や文学者が一葉の自宅を次々に訪れている。幸田露伴、泉鏡花らのビッグネームもそうだし、「たけくらべ」を掲載した同人誌「文学界」の平田禿木《とくぼく》、馬場孤蝶《こちょう》、島崎藤村、そして斎藤緑雨《りょくう》らも来ている。

「まるで文学サロンで、一葉は女主人のようでした。一葉の家が女所帯で居心地の良さもあったのでしょうが、彼らが集まったのは一葉に人間的な魅力があったから。知識も豊富で時事問題にも詳しく、盛り上げ上手でもあったようです」

　森鷗外も高く評価した。

「たけくらべ」が発表された直後に「まことの詩人」と絶賛、主宰する「めさまし草」への寄稿も依頼している。

「本郷界隈は一高生や帝大生、その教師たちの集まる磁場でしたね。一葉も西洋文学の知識や、新しい文学の潮流などを吸収していった。周辺環境の良さとともに、一葉には受け取るアンテナがありました」

　そして、最後まで金策に追われた一葉には独自の視点があった。

「格差社会をよく知り、性別がもたらす幸不幸をつぶさに観察してもいました。明治時代の下層社会をスパッと切り取っているので、いま読んでも深みがある小説になっています。漱石や鷗外などのエリートの人たちが知らない、まったく別世界のことを書いたので彼らにも衝撃を与えたんだと思います」

　文名が高まっていくと同時に、一葉の病状は進んだ。明治二十九年十一月二十三日、肺結核のために二十四歳で死去している。

〈死神にさらわれるような死だった〉

　と、司馬さんは記している。

　丸山福山町の旧居あたりも崖下の町だった。崖上の西片町は帝大に近く、学者町といわれて、漱石も住んでいたことがある。一葉は崖上を見上げることもあっただろう。

司馬さんは「本郷界隈」を取材中、何度も西片町や白山通り、福山坂（新坂）などを歩いた。

「崖上と崖下の感じ、なんとなくわかりました」

と呟いたのを覚えている。

逍遥と子規

本郷真砂《まさご》町はうららかな春が似合う場所だった。春になると崖下には梅や桜が咲き、鶯が鳴く。支援者が建ててくれた家に、
「春のや（春廼舎）」
と、名付けたのは坪内逍遥（一八五九〜一九三五）である。一八八四（明治十七）年から三年間、逍遥はここに住む。

尾張藩士の家に生まれ、十三歳から英語を学び、明治十一年に東京大学の学生となった。ここまでは順調だったが、西洋小説や自由民権運動に熱中、落第している。これを機に自立、生活費を稼ぐために予備校や本郷の貸家で英語を教えている。

〈じつに真剣な教師だった。

表裏のない性格で、自他に忠実であり、その忠実さには気魄があった〉（「本郷界隈」以下同）

明治十六年に東大を卒業、東京専門学校（現・早稲田大学）の講師になっている。下

宿が手狭になると、支援者が現れる。息子を預けた掛川銀行の頭取から言われた。

「ぜひ一軒の家をお持ちください」

これが「春のや」だった。

〈炭団坂《たどんざか》という急勾配《こうばい》の石段の上にきわどく建っていて、いわば、崖の上の家であった〉

明治はこうした子息を預ける「家塾」が多かったという。本宅とは別棟に六畳三間があり、塾生の多くが住み込みで逍遙に学んでいる。

東大生もいれば、予備門の生徒もいる。子どもまでいた。

のちのジャーナリスト、長谷川万次郎（如是閑《によぜかん》）である。如是閑は大阪朝日の社会部長時代、「夏の甲子園大会」創設に関わった人で、逍遙に会ったときは十歳だった。

〈兄貴分たちは大学にかよい、如是閑は近くの本郷小学校に通った。まことに贅沢すぎるほどのこども時代というほかない〉（「神田界隈」）

兄貴分には、東大法学部教授になる山崎覚次郎、進化論を展開する生物学者の丘浅次郎もいた。

逍遙は名古屋弁を〝克服〟し、すずやかな江戸弁だったという。

痩せっぽちの若先生は、すでに文壇注目の人である。明治十八年に小説『当世書生気質』を書き、小説理論の『小説神髄』も発表した。このころ、二葉亭四迷が訪ねてきた。

自分は文章が下手で、どう書いたらいいだろうかと聞くと、逍遥はいった。〈君は円朝の落語《はなし》を知つてゐよう、あの円朝の落語通りに書いて見たら何《ど》うか〉（「本所深川散歩」）

逍遥は歌舞伎も詳しいが、落語も通だった。四迷の書いた『浮雲』は「円朝ばり」といわれ、言文一致の近代小説と評価された。やはり逍遥は根っからの教育者だったようだ。

さらには「春のや」時代、人生の転換点を迎える。〈妻センをむかえたことである。夫妻には子がなかったが、逍遥は模範的な夫だったらしい〉（「本郷界隈」以下同）

利発な人で、生涯、多くの知友や門人から尊敬を受けたという。センは本郷根津権現の岡場所で「花紫」の源氏名をもつ遊女だった。

〈明治十七年ごろ逍遥が通い、二《に》なきひとと思うようになったという〉

◇　◇

早稲田大学文学部教授で、「坪内博士記念演劇博物館」副館長の児玉竜一さん（四九）に会った。

「桂枝雀《かつらしじゃく》はいってました。『山本周五郎を読んで暗くなって司馬遼太郎を読むとパッと明るくなる。でもまた暗さが欲しくなる』。司馬さんは明るさが魅力ですね。松本清張にはセンの問題を詳しく追った作品がありますが、司馬さんは逍遙夫妻の純粋さをさらりと書いています」

逍遙は『妹と背かゞみ』の「はしがき」に書いている。

〈夫れ小説は人情を主となす。人情は愛に於て最も切なり。（略）而うして愛情の切なるもの。男女の恋情にまされるは稀なり〉

もっとも『細君』を発表したのを最後に、三十歳で小説はやめている。

「生前に『逍遙選集』という十二巻の全集を出しています。しかし最初は『小説神髄』や『当世書生気質』を入れていません。弟子たちに反対され、のちに出した五巻の別冊に入れています。小説に重きは置いていなかったようですね」

小説はやめても多忙を極めた。

〈逍遙はよく知られているように、早稲田大学の文学部、特に演劇学研究の学祖のような人である〉

週三十六時間の授業をもち、雑誌「早稲田文学」を創刊し、編集責任者になった。演劇の研究、実践にも没頭した。明治二十七年、大坂城の淀君を主人公にした歴史劇『桐《きり》一葉《ひとは》』を「早稲田文学」に発表している。

「誰もがセリフの一節くらい暗唱できた芝居が『桐一葉』です。江戸時代には女主人公が頂点に立つ芝居はほとんどありません。日本の歴史劇を刷新したのが逍遙です」

すべてにわたって先駆者だった。

明治二十三年に「シェークスピヤ研究会」を立ち上げて以来、こだわり続けた。海外への渡航は一度もなく、本場のシェークスピア劇はほとんど見たことがないが、独力で『シェークスピヤ全集』を完訳。この時代には、世界に例がないようだ。

「最初は浄瑠璃文体だったので、あとから何度も直して、最後の『逍遙選集』にまで書き込みがあります。逍遙の校正は、たいてい元の文字がわからないぐらい真っ赤になるんです」

「私と司馬さん」(三〇二ページ)で坪内ミキ子さんもいっていた。

「『ハムレット』の有名な『生きるべきか死ぬべきかそれが問題だ』というセリフを逍遙は『ながらふべきか、ながらふべきにあらざるか、それが思案のしどころぞ』と訳しています。いかにも歌舞伎のような言い回しですね」

逍遙は講義や講演のとき、類まれなショーマンシップをみせる人でもあった。児玉竜一さんはいう。

「シェークスピアの講義だと他の学部生も来たそうで、教室がいっぱい。朗読が終わって解説に入ると『ああ、おもしろかった』と出ていく。逍遙先生、激怒されたそうです(笑)」

学生だった井伏鱒二も聴いている。井伏鱒二の『文士の風貌』に収められた「坪内逍遙先生」によると、日蓮についての自作「小松原法難」の朗読を聴いている。逍遙は還暦を過ぎて口ひげも白かったが、声量は大隈重信の演説より豊かだったという。

井伏鱒二は書いている。

〈先生は開口いちばん聴衆をどつと笑はせ、悲壮な話のときにはさめざめと涙をながす風情で説明された〉

「酒だ！」

という声は有名な役者の声色で、

「えい焼酒だ焼酒だ！」

という声は別の役者の声色。

〈少女のセリフを朗読されるときには、あの鬚白き老先生の顔が少女の顔に見えて来る〉

『ヴェニスの商人』では高利貸のシャイロックと、美貌の裁判官ポーシャの声を使い分けてもいる。

体は強くはなかったが、一九三五（昭和十）年まで長命した。

◇　◇

逍遙が三年住んだ家はその後に建て増して、旧松山藩主の久松家の育英組織「常盤会」の寄宿舎となっている。愛媛県の子弟がここに集まり、正岡子規（一八六七〜一九

○二）もその一人だった。子規がここに住んだのは明治二十一年九月からである。二階建ての全十二室で、最大三十人が生活した。逍遥が『当世書生気質』を書いた部屋は舎監室となっていた。

親分肌の子規は眺めのいい二階をキープ。眼下の家々の梅の花が咲くころに詠んでいる。

「梅が香をまとめてをくれ窓の風」

このころから子規の俳句熱は高まっていき、やがて寄宿舎を追い出されるまで熱中していく。

一方で、明治二十二年五月、子規は喀血《かっけつ》する。肺結核だった。ショックを受けつつ、「子規」と名乗るようになる。子規は時鳥、不如帰と同じく、「ほととぎす」とも読む。〈和名では「あやなしどり」などと言い、血に啼《な》くような声に特徴があり、子規は血を喀《は》いてしまった自分にこの鳥をかけたのである〉（『坂の上の雲』）

ファイトのある子規は、喀血した夜に次々と句を詠んだ。

「卯の花をめがけてきたか時鳥」

「卯の花の散るまで鳴くか子規」

子規がピンチになると、夏目漱石が現れる。この時代から親しくなっていた漱石はすぐに見舞いに訪れ、子規のかかった医者に話を聞き、医者を代えろと手紙を書いた。励ます句も詠んでいる。

「帰ろふと泣かずに笑へ時鳥」

司馬さんも炭団坂を何度か上り下りした。

〈私は、子規がすきである。子規のことを考えていると、そこにいるような気がしてくる〉（「本郷界隈」）

逍遙、子規、漱石。それぞれの思いを胸に、炭団坂の青春があった。

迷い続けた漱石

「本郷界隈」の取材中、司馬さん夫妻と東大構内を散歩した。一九九一（平成三）年秋のことで、下見をしていたため迷うこともない。

「この建物が理学部、あれが安田講堂、木が生い茂っている辺りが三四郎池ですね」

すると同行の先輩、池辺史生記者（一八〇ページ）がすかさずいった。

「詳しいね、東大だっけ」

池辺記者同様ワセダである。東大ＯＢみたいだなと池辺さんは目が笑っていて、赤面してしまった。

「いや、以前に来たというか、受験したことはしたんで」

すると司馬さんが急に立ち止まって天を仰ぎ、はじけるようにいった。

「北海道から東京に出てきて、やっぱり東大に行きたかったか」

前門の虎、後門の狼、たしかに北海道出身者ではある。

「いや、そんなでもないですよ」

といったが、笑いをこらえ、司馬さんは苦しそうな顔をしている。文化功労者なのに笑いすぎである。

「本郷界隈」では東大がポイントになる。司馬さんは何を書くか油断がならず、なんとなく東大受験のことは話さなかった。それが東大の真っ只中でバレるとは……。

やがて『本郷界隈』が出版され、自宅に単行本が送られてきた。司馬さんは一首添えてくれていた。

「儚《はかな》さは入学試験とぞ覚えたれ　銀杏並木に世間みな虚仮《こけ》」

「世間虚仮」は聖徳太子の言葉とされ、万物はみな仮のものであり、〃銀杏並木〃など気にするなということだろう。考えてみれば、司馬さんも旧制高校受験には苦労している。「笑われ賃」としてありがたく拝受した。

その点、『三四郎』の主人公、小川三四郎君は優秀である。ぼんやりしているようで、熊本から上京してちゃっかり帝大生となっている。

夏目漱石が『三四郎』を朝日新聞に連載したのは一九〇八（明治四十一）年。司馬さんは『漱石全集第五巻』（岩波書店）に「『三四郎』の明治像」という文章を寄せている。

〈明治のおもしろさは、首都の東京をもって欧米文明の配電盤にしたことである〉

最初は高給で外国人教師を雇い、卒業生を留学させ、帰国させて外国人教師と交代させた。

〈本郷や、農学部のあった駒場で受容された〃文明〃を、農商務省、内務省、文部省といった配線を通じて四十余の道府県や下級の学校にくばるのである〉

東京は西洋文明の魁《さきがけ》であり、唯一の卸問屋となった。文明の伝導にはやや時間がかかり、地方では東京が眩しく見えるようになる。

〈「東京からきた」というだけで、地方ではその人物に光背《こうはい》がかがやいているようにみえた。いまなおそうなら、文化的遺伝といっていい〉(「本郷界隈」)

江戸時代ならあり得ないことだったが、文化的に東京は高く、地方は極端に低くなった。万事がそうで、『三四郎』でいえば、熊本で慕ってくれる「三輪田の御光さん」は論外で、東京で「ストレイ　シープ」と囁いてくれる里見美禰子《みねこ》さんがいい。差は圧倒的で、この時代、日本人の都鄙《とひ》観ができあがる。

◇　◇

『新聞記者　夏目漱石』(平凡社新書)、『旅する漱石先生』(小学館)などの著者、牧村健一郎さんは朝日新聞学芸部(現・文化くらし報道部)OB。学芸部を実質的に創設した漱石の後輩で、さまざまな角度から漱石を追い続けている。

「漱石が入社した明治四十年ごろは、時代の転換期でしたね。タイミングが実によかった」

知的大衆の勃興を見越し、新興の東京朝日は夏目漱石を特別待遇で迎えている。多くの幹部社員より給料が高く、出社の義務もなく、出版は自由。漱石は『吾輩は猫である』『坊っちゃん』『草枕』などを次々と発表した注目の存在であり、朝日は新時代の書き手を渇望していた。新聞もまた、新時代の「配電盤」になろうとしていた。

「漱石のシェークスピアの講義はとてもレベルが高く、英文学者としても大成したでしょう。配電盤の役割を果たすことを期待されて留学しましたが、帰国後も配電盤のスイッチになる気はなかった。アカデミズムの世界にうんざりし、書くべきテーマが渦巻いていたようです」

主筆の池辺三山が本郷西片町の漱石宅を訪ねて入社がまとまる。最初の連載『虞美人草』から一年後、『三四郎』が始まった。

「司馬さんは『三四郎』がお好きですね。スカイブルーのような、明治の明るさがあり、『坂の上の雲』に重なります。前期三部作の『それから』や『門』になると登場人物の陰影が深くなっていきますが、『三四郎』は淡色の世界ですね」

東京が変貌する時代でもあった。

「ちょうど配電盤よろしく、東京に路面電車がはりめぐらされている最中でした。坊っちゃんが松山中学をやめて東京に戻り、『街鉄』の技手《ぎて》になりますが、電車は近代化、文明開化の象徴です。しかしこのころから、配電盤のきしみが社会に生まれてくる。基本的に明るい『三四郎』のなかでも漱石は少し、そのきしみについて書いています」

最初は広田先生だろう。

一高教師の「偉大なる暗闇」広田先生と三四郎は、上京する汽車のなかで偶然に知り合う。

「日本が『亡びるね』といわれ、三四郎は衝撃を受けます。日本の近代化は上滑りだと漱石は感じていた。講演で話していますが、西洋が二百年かけて獲得した近代化を日本は五十年で急ピッチで進めたけれど、そこには無理がある。ストレスからバランスが崩れ、個人的には神経症になるし、国家レベルだとこの先困難が待ち受けている。しかし近代化をしないわけにもいかない。そんな考えの一端を広田先生にいわせている。こんな向日性のある小説のなかでも、文明批評的な鋭い視点、表現を埋め込んでいます」

広田先生は三四郎にいう。

「囚われちゃ駄目だ。いくら日本のためを思ったって贔屓《ひいき》の引倒しになるばかりだ」

これを聞いて、三四郎は目が覚めるような気持ちになった。

〈三四郎は真実に熊本を出たような心持がした〉（『三四郎』）

さらに牧村さんはいう。

「路面電車網が完成され、郊外電車が動き始めてもいます。いまの中央線が当時は甲武《こうぶ》鉄道ですが、このころに御茶ノ水から中野まで電化される。『三四郎』の登場人物の一人、野々宮さんは甲武鉄道ができて大久保に引っ越し、本郷に通うこともできるようになる。東京が拡大する一方で、鉄道事故も発生する。『三四郎』が連載された数カ月ほど前の新聞を調べてみると、女性の鉄道自殺が載っていました。これも近代化のきしみですね。『三四郎』にも鉄道自殺の場面があり、この小説は同時代ドキュメントの要素もあります」

さて、牧村さんは森鷗外をどう見ているのだろう。

「『三四郎』に刺激され、鷗外は『青年』という小説を書いています。地方の青年が東京に出てきて、魅力的な女性と出会う。設定はよく似ています。ただし、この小説の主人公は『小泉純一』というんですが、東京に来たばかりなのに、鷗外がつくった『東京方眼図』という地図を持っていて、目的地に迷わずに到着します。一方の小川三四郎は東京の大きさにとまどい、電車がちんちん鳴るのに驚き、迷ってばかりいる」

漱石自身もイギリス留学時代、ロンドンでしばしば迷っている。

「漱石が迷う人なら、鷗外は迷わない人ですね。鷗外は東京方眼図を持って、自分の立ち位置を見失わない。陸軍官僚として出世を重ねる一方で、『舞姫』や『ヰタ・セクスアリス』といった小説まで書く、とんでもない人でした。漱石は死ぬまで迷ってます。それが三四郎と小泉純一の東京に来たときの違いに表れているかなあと、思ったりします」

◇　◇

「本郷界隈」の取材の最終日も東大構内だった。このときは司馬さんと二人で、「三四郎池」に行った。

〈小学六年生くらいの男の子が立っていて、池にむかって釣り竿をのばしている〉

司馬さんは身軽な人で、自分で話しかけにいった。

「なにが釣れるの？」

「ブラックバスです」

秋晴れの下、少年のほか誰もいない。池の小波《さざなみ》が陽光に揺れていた。

「『本郷界隈』は最初から『三四郎』で終わりにするつもりだったんだ。あのとき、ハキハキした子に会えてよかったね」

と、後日に司馬さんは懐かしそうにいっていた。

あの子もいまは働き盛りだろう。「本郷界隈」を読み、自分に出会うことがあるだろうか。

余談の余談❹

ロングセラー『本郷界隈』本郷に学ぶ学生を狙え！

池辺史生

本郷三丁目の「かねやす」の前の交差点を渡り、本郷通りを赤門のほうに向かったところに文泉堂という小さな書店があった。

『街道をゆく』の担当デスクになって二年ほど経ったころ、司馬さんに「朝日（新聞社の出版局）は本の売り方がへたですね」と言われたのをきっかけに出版販売部員兼務となった時期があり、しばしば訪れている。

店長の高瀬恭章さんは、「『本郷界隈』の地元ですからね、もう何百冊か売りました。この店の圧倒的なロングセラーです」とうれしそうだった。

当時、池袋のリブロにいた田口久美子さんからは、「書店員としていちばんやってみたいのは司馬さんのサイン会」などと言われたこともあって、司馬さんに頭を下げ、一冊だけサインをしてもらい、高瀬さんにプレゼントした。

「私の宝物になります」と喜んでくれた高瀬さんは引退したが、後任もまた『本郷界隈』を大事にしてくれていたので、二〇一六年十月、久しぶりに訪ねてみた。経営者が代わったのか、

「ＢＯＯＫＳユニ」という店になっていた。ただし、その店も九月末に閉店のビラが貼られていた。近くの文永堂も閉店、いまはスーパーだかコンビニだかに変わっていた。

こうなったら頼りは東大生協の書籍部しかない。銀杏のつぶれた実の匂いが漂う東大構内、三四郎の池をかすめ、安田講堂裏手の店舗に向かう。司馬さんの小説が収まる文庫の棚は充実していた。だが、朝日文庫の棚はわずかで、なんと『街道をゆく』シリーズが見当たらない。でも、さすがに『本郷界隈』だけは何冊か置かれていた。居合わせた店員に聞くと、「夏休みの前などによく売れる」ということだったが、調べてもらうと、この秋までの半年で合計二十冊ほどだとか。本郷で学ぶ学生は何人いるのか！　元出版販売部員の血が騒いだ。

講演再録「漱石の悲しみ」

私が学生のころだと思うんですけれど、古本屋さんで、東京日日新聞編の『大東京繁昌記』という本を買ったことがあります。

なぜ買ったかといいますと、泉鏡花（一八七三〜一九三九）が、東京の下町のことを書いているんですね。明治末年から大正時代にかけて、東京湾の中州を埋め立て、工場ができて、家がつくられて下町が広がっていく。それまでの江戸的東京から見ると、新風景でありまして、それを泉鏡花がルポルタージュしていた。泉鏡花だけでなくて、当時のたいへん有名な芸術家が、東京の新しい、繁盛している場所をルポルタージュしている。

読んでびっくり仰天しました。下手というよりも、なっていない文章なのです。

東京という都市が勃興してくる。なぜ勃興してくるか、そこにどういう人々が住み始めたかということを社会科学的に見なければいけないのに、泉鏡花は、『婦系図《おんなけいず》』を書くような文章で書いているわけです。お蔦《つた》・主税《ちから》では、新しい下町の勃興風景というのは、とてもつかまえられない。泉鏡花が今日生きていらっしゃって、ロシアの大変化をルポルタージュせよといったら、とてもできないでしょう。

それは、泉鏡花が悪いんじゃないんです。泉鏡花が持っていた文章というものは、主として男女の恋の悩みを表現するだけのものでした。

つまり、ソ連の崩壊から色恋ざたに至るまで、すべてを表現できなければ、文章言語にはならないんです。恋人に対する手紙も出せるし、学校の論文の文章にもなる。それが言語です。言語というのは多目的に使われるものです。よく登山家が持っていますね、缶切りだとかハサミだとかが出てくる、あの万能ナイフのようなものでなければだめなんです。

明治は文章の大混乱期でもありました。例えば、泉鏡花と同じ時代の人で、徳富蘇峰《とくとみそほう》（一八六三〜一九五七）という、熊本出身の大ジャーナリストがいますが、その人の文章を泉鏡花の文章と比べてみると、とても同じ日本語とは思えないですね。蘇峰は、いわば文語読みをそのまま写しただけの文章です。一方の鏡花はなにしろ『婦系図』ですから、どこが切れ目だかよくわからない、センテンスの長い、くねくねと続いていく文章です。

話がちょっと横へ行きますが、私はドイツ語というものを勉強したことがありません。しかし、外国語ばかりを教える学校に行っておりましたので、ドイツ語を勉強して大学の先生になった友人が何人かいて、十年ほど前、そのうちの四人に聞きました。

「ドイツ語というのはどんなものか、一分間で言ってくれ」

三人まではあまり大したことは教えてくれませんでしたが、四人目の人はうまいことを言ってくれました。

「だれが書いてもドイツ語になるのがドイツ語だ」

私には非常にショックでした。ご存じのように、ドイツ語は文法がやかましい言語で、文法どおりにしゃべれば、あるいは書けば、ドイツ語になるんですけれど、それだけではない。

ドイツはヨーロッパにおける一つの国として古く、言語を社会が共有しているんですね。例えばゲーテならゲーテが出てくると、そのいいドイツ語を皆がまねをする。ゲーテのまねをして書けば、ちゃんと書ける文化ができあがっている。ちょっと別の言い方をすると、大統領の文章であれ、市長さんの文章であれ、病院長さんの文章であれ、だれが書いてもドイツ語のテストの問題になるということでしょう。

明治時代の泉鏡花と徳富蘇峰をまねた場合は、だれが書いても日本語になるという具合にはいきません。

近代日本の文章が夏目漱石（一八六七〜一九一六）によって完成されるというのが今日の主題でして、あとは眠ってくださっても結構です（笑）。

小説は東京の人が書くものでした

明治時代というのは、小説は東京の人が書くものでした。東京の人しか書けなかった。田舎から出てきた人は、「時文」は書けるんです。「時文」というのは、漢文調あるいは古典ふうの、ちょっと古い文体で、「何々なり」といっておさめる文章です。しかし、口語としての散文は、田舎から出てきた人には書けない。繰り返しますが、明治の特徴は、東京生まれの人が小説を書いたということです。

学問と文章は違いますけれども、ここで仮に学問という言葉を使います。江戸時代の江戸はいいところだったそうですけれども、あまり学問の盛んなところではなかった。学問というのは、三百に分かれた田舎の諸藩が受け持つものでした。江戸時代の偉い学者で、江戸っ子というのはほとんどおりません。勝海舟（一八二三～九九）がまだ十代のころに、これからはオランダ語だと思って習いに行こうとしたら、先生に断られてしまった。

「君は江戸っ子だろう。江戸っ子は無理だ」

根《こん》がないというわけであります。オランダ語は、いっぱい勉強する学問だから、田舎から出てきた人間じゃないと無理なんだと言われた。

熊本に時習館があるように、多くの藩が藩校を持っていましたが、旗本学校という学校はなかったんです。湯島に聖堂がありましたけれど、これは学問の府であって、別のものです。旗本たるもの、家々で勝手に文字を教え、文章を教え、学問を教えていたわけで、学問をやらない旗本もいれば、極端な話、無知の人までいたわけです。ところが明治になりました。革命の時代です。世界中の革命で、明治維新ほど甚だしいものはなかったろうと思います。

全部自前の革命でした。どこの国の植民地になったわけでもなく、どこの国からお金をもらったわけでもない。けなげといえばけなげでありまして、生産物といえば、この立川《たちかわ》のあたりもそうですね、関東平野に桑畑が広がっていて、蚕が飼われていて、生糸ができる。それが横浜へ集められて相場が立ち、外国へ行きます。それだけが、外貨獲得の唯一の手段でした。いまのロシアは地下資源があります。金《きん》があって、石油があります。しかし、日本にそんなものはなかった。生糸で大学をつくって、外国人を招いたり、外国へ留学させたりしたわけで、いじらしいものでした。

漱石は、生まれがちょうど明治元年の前年ですね。だから、この人の年齢は言いやすい。明治十七年に、大学予備門というジュニアコースに入るのですが、当時、教科書は数学に至るまで外国語だったと思います。ですから、大学予備門に入る前に勉強するのは英語でした。そして、大学に入ると、物理も何もかも英語であります。当然、先生も外国人です。

この西洋人の先生たちの給料は高いですよ。このような教育へのお金のかけ方は、おそらく世界史上、どこにもないんじゃないでしょうか。当時の大臣と同じぐらいの給料です。そういう高給で招いたものですから、そう長くは払えない。日本政府というのはよく考えていまして、西洋人の先生たちには十年ほど教えていただくことにして、同時に、パリなりロンドンなりニューヨークなりに日本人を留学させ、それが帰ってきたころに交代させる。

文学部で英文学を講じていた、有名なラフカディオ・ハーン、小泉八雲さん（一八五〇〜一九〇四）は、わりあい長くいたほうでした。政府は、ハーンさんを日本人に交代させなきゃいけないと、ひそかに考えていた。ハーンさんは、そんなことは思いもよらずに、にこにこ暮らしていたんですね。

漱石は、熊本の第五高等学校――あとでお話しする三四郎も熊本の高等学校です――の先生のころに、ロンドン留学を命ぜられた。嫌で嫌で、実に嫌だったけれども、とにかく行ったわけです。そして後にハーンさんの入れ代わりとして講義をすることになる。

ロンドンから帰ってきて何年かして、彼は第一高等学校講師および東京大学文学部講師になります。千駄木に借りた家から、十五分ほど歩いて学校に通い始めました。

英文学を教えることが嫌で、英語を全部忘れてしまいたいと思うほどだったようです。そのくせに、講義をする準備は無我夢中にまじめにやって、学生の受けが全くよくなかった（笑）。ハーンさんの講義のほうがずっとすばらしい。

漱石によって日本の散文ができあがったということの筋から外れるかもしれないですけれど、夏目漱石のヒューマン・ストーリーをちょっと話します。

新宿区に、喜久井町という町がありますね。

なんでそんな地名なのかというと、その町の町名主——明治後は戸長になります——が漱石のお父さんだった。明治になって、町名をつけなくてはいけないことになる。漱石のお父さんが、自分のところの紋が、井桁《いげた》の中に菊が入っているというので、喜久井町とつけた。ちょっとやくざの親分がするような感じの話ですね。坂があると、夏目坂とつけたりしている。玄関がある家は、夏目家だけですから、近所の人は「お玄関さん、お玄関さん」と、この家を呼んでいたらしい。だから、いい家だったんです。

漱石は、後添えとの間に生まれた子です。後添えといっても、お母さんが四十歳ぐらいのときの子です。そのお母さんは早くに亡くなって、漱石は、お母さん知らずなんです。お母さんは千枝という名前でした。漱石は晩年まで、千枝という名前には非常な懐かしさを覚えたようでした。

お父さんは、夏目小兵衛直克という名前であります。小兵衛さんは、あまり教養のない人で、頭も粗雑にできた人だったようです。

漱石が大学在学中に、

「おまえは何をやるんだ」

「文学をやります」

「何ィ、軍学？」

言われて漱石はずいぶん困ったそうですね。この父親が五十歳過ぎのときに、漱石が生まれた。恥ずかしかったらしい。だから、乱暴な話ですが、どこかへやっちまえという話になった。漱石によりますと、自分の父親を恨んではいないんですけれども、自分を物のように扱っていたと書いています。

どっさりカネをつけて、露天商の養子にした。露天商は、夜、店を出さなきゃいけませんから、赤ちゃんをかごの中に入れて背負います。たまたま漱石の姉が通りかかって、あれじゃあかわいそうだから、引き取ってあげましょうといって、もういっぺん、夏目家に戻りました。

まだ赤ん坊の漱石は、そのことは覚えていないわけですけれど、一生感激したらしく、その後苦しい家計の中から毎月三円ずつ、そのお姉さんに仕送りしているんです。

このお姉さんは、あまり幸福ではない、そして豊かではない結婚生活を送るんですけれど、漱石はずっとこの人を大切にしていました。

ところが、お父さんは、帰ってきても、漱石がまだ目ざわりでした。今度は塩原という男にまた漱石をやってしまう。

漱石は塩原金之助という名前になりました。だいたい、大学を終えるまでその名前でした。

塩原は、働くのが嫌いで、何か世の中でうまいことがないかと思って道を歩いているような男だったらしい。塩原の奥さんも、夏目家のお手伝いさんだったのですが、この子が大きくなったら、何かカネにならないかと思っているような人でした。気が優しい江戸っ子というのは、もしかすると、あまりいなかったのかもしれません。

それで、漱石という人は、この塩原という人をお父さまと言って大きくなった。

漱石には、お兄さんが二人いました。そのうちの一人が、漱石をやっぱり夏目家に引き取ってやろうというので、小学校のある段階から、夏目家から通うようになるんですけど、塩原は、塩原という名字を変えさせない。

明治十七年に、大学予備門に入りました。卒業前に漱石のお兄さんと塩原とが交渉して、やっと夏目家に帰るんですけれども、そのときに、二百四十円でしたか、当時としてはすごいカネをふんだくられてしまう。

おまけに、塩原は、一札書いてくれと。それも金ちゃんの字で書いてくれという。

たいへんお世話になったことは忘れませんという候文を書かせる。そして金ちゃんが出世——出世といえるのかどうか——してロンドンから帰ってくると、ゆすりに行く。また百何円で買い取らせる。

買わなくたっていいと思うんですけど、塩原はしつこくてしようがなかった。結局、払った。漱石夫人の夏目鏡子さんが『漱石の思ひ出』という本で述べられています。

漱石自身も亡くなる前年に、『道草』という、いわば自伝に書いています。千駄木の家から大学に通うまでの十五分ほどの間に、一人の男が立っているのを見て、見たことがあるなと思いながら、だれかわからずにいた。

あくる日も、その次の日も男は待ち構えている。だんだんとスリリングに事が運んでいって、やがてその男、塩原がモデルの男が家にやってくる。カネを払って、妻が、「これで片づきましたわね」と言いますと、ひねくれ者らしき主人公が、

「世の中に片づくということはないんだよ」

と。またあんなひねくれたことを言っていると思いながら、奥さんがなだめるというあたりで終わる小説です。

いっぺんとった運命というものは、ついて回るものだということが、どうも、この自叙伝のテーマのようですね。つまり漱石の二歳か三歳の、全く彼に関係のないことが、彼の生涯を苦しめたわけです。

漱石という人はものすごくきれいな人です。彼は、お金持ちの家に生まれたわりには、当時の言葉でいう、貸費生でした。いまの奨学生です。貸費生ですから、月々返さなきゃいけない。

漱石はずっと返し続けていました。毎月、少し早く入れていたそうですね。まあ、非常に恬淡《てんたん》とした人ですが、『漱石の思ひ出』によりますと、それと同時に、お父さんが生きている間じゅう月に十円ずつ送っていたそうです。巡査の初任給が十二円の時代です。月々十円は少なくありません。

漱石はサラリーマンであり、一方の父親は「お玄関さん」です。もちろん、鏡子さんは、それについては多くは触れずに、

「どうも、これは大学の貸費生のようなものらしゅうございます」

と言われている。鏡子さんは淑女ですね。

さきほど、明治時代の小説は、東京の人が書いたと申し上げましたけれども、坪内逍遙（一八五九〜一九三五）と森鷗外（一八六二〜一九二二）は東京の人ではありません。だから、例外はあるわけです。

坪内逍遙は、愛知県の人であります。方言を、名古屋の人はよくからかわれるようですね。たいへん入り組んだ方言の世界から、逍遙は出てきた。

逍遙は漱石より八歳ほど上の人ですから、そのぶん早く大学に入っております。こ

の時代というのは、おもしろいもので、東京大学に地方から学生が出てくる場合、その人の県の費用で来ました。それは返さなくてもいいんですが、逍遥は落第したりしたので県費が切れた。自活しなくちゃいけないから、いまの受験塾みたいなものを開いて、そこに学生を寝泊まりさせた。非常に評判がよくて、神田猿楽町でたくさんの受験生を預かっていました。

その逍遥塾に、深川で大きな材木屋さんを営んでいた人が、小学生の子供を連れてきた。小学生は預からないんですけれども、口をきいた人が有力な人だったものですから、しようがない。

「じゃあ君は、本郷の近くの小学校に通いたまえ」

と。それが長谷川如是閑（一八七五〜一九六九）です。如是閑という人は生粋の江戸っ子です。お父さんに連れられて、本郷の真砂町《まさごちょう》に移った坪内さんの塾に行くことになります。帰りしな、お父さんがこう言いました。

「あの坪内って先生――先生といっても学生ですよ――の言葉は、自分が子供のときに人々から聞いていた江戸弁だ」

よほど語学の名人ですな。もともと逍遥は、尾張藩の下級の役人の子なんですけれども、江戸弁というのが好きだったんでしょう。

江戸が生んだ江戸情緒というものはそれはそれで大変なものでした。江戸情緒が文学の形になっているのは、曲亭馬琴（一七六七〜一八四八）とか、式亭三馬（一七七六〜一八二二）というような人たちのものですが、逍遙はそれを子供のときから読んでいた。

名古屋はなんといっても尾張徳川家の城下ですから、貸本屋さん——貸本屋さんといったって、蔵が五つも六つもあるような大商売です——があります。

逍遙はある貸本屋さんに入り浸った。そこで、十分に江戸の戯作を読んでいて、大正時代の文学青年や画学生がパリにあこがれるようにして、東京にあこがれてきました。だから、東京に来たころには、立派な江戸弁を使う心構えがあったんでしょう。その坪内逍遙でさえ、口語の小説は書けなかったんです。

坪内逍遙は、いまでいうと、法学部みたいなところに行っていて、やがて文学づいて、大学を卒業するとほどなく、有名な『当世書生気質』というのを書きます。小説というものはこんなもんだという評論も書きました。あるとき訪ねてきたのが二葉亭四迷（一八六四〜一九〇九）です。言文一致の小説を書くよう、逍遙がすすめたのは有名ですね。

ただ、逍遙は、自分は書かなかったんです。おもしろいですね。においということは大事なんですね。

いかに英語の上手な人でも、あくびをするときには、英語は使えないでしょう。宮沢喜一さんでも（笑）。小説を書くには、一種の生理的なものが必要らしい。

二葉亭は自分で述懐していますが、おれは東京生まれなんだから書けるはずだと思って、みずから工夫して、有名な『浮雲』を書きました。

『浮雲』は、皆さんもお読みになったでしょうけれども、覚えていらっしゃらないと思う。僕もそうです。ただ日本語が、文章として口語になった最初の、それは革命的なものでした。しかし、それも、作者が東京生まれだからというだけのことでもありました。

もっとも式亭三馬という江戸時代の戯作者は、近代小説ではありませんけれども、普通の江戸時代の小説と違って、ちょっと近代小説のにおいがある。それは何かというますと、単純なことです。

「なくて七くせ」と言うでしょう。人にはくせがあります。式亭三馬はそれを書いた。何とか屋の長兵衛さんは、こんな悪いくせがあって、銭湯に行ったときそのくせが出て、どうこうだという程度の話なんです。その程度ですけれども、それでも、ほかの江戸時代の小説と比べると、近代のにおいがする。

明治時代の青年は読む本がなかったんですね。二葉亭四迷も、三馬をむろん読んでいます。『浮雲』というのは、三馬を横に置いて書いたらしい。

近代小説の夜明けにしては、ちょっと寂しい話ですね。

丘浅次郎（一八六八〜一九四四）という人がいます。この人も逍遥の塾に通っていた一人です。大正時代にはすでに有名な、ダーウィニズムの進化論の学者でした。動物学者です。

戦前の国語の教科書には、丘浅次郎の作文が出てました。わかりやすい、明るい文章でした。おそらくは、大正時代の国語の教科書を編纂した人が、新しい時代の文章のサンプルとして出したんでしょうが、この丘浅次郎という人は、漱石たちと一緒に大学予備門――やがて、第一高等学校という名前になるんですけれども――に入って、落第しました。そのために大学には進めなくて、大学の選科という、ノンキャリアの人が行くコース、理学士も文学士ももらえないコースに行きました。

なぜ落第したかというと、この人は、生涯呪《のろ》っていたようですが、作文で落第したんです。大正時代には、作文のサンプルとして、中等教科書に載るほどなのに、明治二十年前後では、彼の作文は落第でした。

そのころの作文というのは、漢文の故事、名句などを交えてやると三重丸でした。それを交えない、普通の平易な散文だと落第でした。こんなばかなことで、丘浅次郎は偉い生物学者だったんですけれども、東京大学の教授にはなれませんでした。東京高等師範、いまの筑波大学の教授でした。

同じ時期に正岡子規（一八六七〜一九〇二）がいました。子規は、お父さんが早く亡くなったため、母方の祖父の大原観山という漢学者に養われました。そして、無理をして東京に出てきて、大学予備門に給費生で入ったわけです。お殿様の久松家の給費で入った。

しかし、この人は大学を中退しています。英語ができなかったからだといわれている。

もっとも子規の英語というのを、私は一度見たことがあるんですが、立派なものでしたよ。どうも、われわれの時代のレベルよりだいぶ上のようですね。

たしか入学試験のとき、どうも子規はカンニングをしています。英語の試験のとき、彼は、司法権というか、司法官というか、そういう単語を知らなかったようです。ジャッジから派生した単語がでてきて、これ何だろうと思って、横にいた友人に聞くと、「法官だ、法官だ」と。弁護士という職業は、そのころ代弁人という名前の時代だったと思います。だから、「法官だ」と友達は教えてくれた。それを子規は太鼓持ちの幇間《ほうかん》だと思って書いた（笑）。太鼓持ちがどうこうして、どうこうしたという名文を書いた。それで合格した。教えてくれた人は不合格だったようですな。

その子規が大学を中退して、母、妹を松山から呼んで、自立せざるを得なくなり、「日本」という新聞社に入る。その後は、ほとんど病床生活で、給料だけが届くという暮らしで、根岸に住んでいた。

虚子に頼まれ漱石は小説を書いた

そこで、子規は、「山会《やまかい》」という素朴な会を始めました。山というのはテーマのことらしいんです。つまり、それまでは、漢文にしても江戸時代の文章にしましても、言わんと欲することがあって書いているのではなくて、文章という美学的作業をやっている。ただ文章の名文がつらねられている。子規は、あれはだめだ、文章というのは、言わんとするためにあるんだと考えた。その言わんとすることというのが「山」らしいんです。

高浜虚子（一八七四〜一九五九）、伊藤左千夫《さちお》（一八六四〜一九一三）といった人々と、根岸の小さな家で例会を持った。短い文章を持ち寄って朗読するんですね。いい大人が、作文の朗読会をやっていた。

明治三十年前後です。そこに漱石が来ていたわけです。鷗外も来たことがあるそうですね。

漱石はもうロンドンから帰って来ていて、さっきの塩原という養父に追っかけられたりで、いろいろ苦い時代でありました。

その山会で、高浜虚子が、「夏目さん、この『ホトトギス』という小さな雑誌に、小説というものを載せたいんだけれども、何か書いてくれませんか」と。それが『吾輩は猫である』です。漱石は、思いもよらず、小説を書くはめになったわけです。ですから漱石には文学青年だった時期がない。突如書き始めた。その次に、『坊っちゃん』を書いた。

『吾輩は猫である』よりも、次の『坊っちゃん』に、先の式亭三馬のにおいがあります。つまり、「親譲りの無鉄砲で」というところの、「無鉄砲」というくせと「江戸っ子の正義感」という二つだけのくせ、これを主にテーマにして書いている。『坊っちゃん』はいまでもおもしろいですが、やはり、江戸時代の日本風土の中での小説の伝統にのっとって書かれた。

漱石の偉さは、そのようなものを二度と書かなかったことです。一作ごとに違うことを書いて、『それから』とか『明暗』とかという後期の作品は、人間の普遍的な、重要な問題に踏み込んでいっています。そして、文章も一作ずつ変わっている。『草枕』というのは、漱石は、ちょっと美文調で書きたかったんですな。ここで朗読をお願いしてあります。聞いてください。

山路を登りながら、こう考えた。
智に働けば角が立つ。情に棹させば流される。意地を通せば窮屈だ。とかくに人の世は住みにくい。

住みにくさが高じると、安い所へ引き越したくなる。どこへ越しても住みにくいと悟った時、詩が生まれて、画《え》が出来る。

落語の枕のようですが、哲学ふうでしょう。だけど、近代文学の散文には、こういう冒頭は必要ないんです。

『草枕』は全編、漱石のちょっと無意味な、装飾的な哲学ふうの小説であり、読んだからためになりますということでもない。遊びの哲学であり、一種の美文であります。ですから漱石は、『草枕』を書いた後は、その話をされるのが嫌だったそうです。本人は、『草枕』が嫌いだった。ところが、当時は言文一致が声高に叫ばれる時代でした。口語の文章が世の中に氾濫《はんらん》し始めたときですから、口語でありながら、文語の彩りを持っている『草枕』に、世間は感激したようです。その文を暗唱したりした。

ですけれど、漱石の本領はやはり、晩年の作とか、『三四郎』でしょう。明晰な文体で書かれ、しかも退屈しない。『三四郎』は非常に高度な文学であるという意味で申し上げたのではありません。しかし、『三四郎』というのは、いま読んでもおもしろうございます。『三四郎』を一つのサンプルとして、これから話を進めます。

東京というのは新文明の発信地であって、日本で唯一の配電盤の機能を果たした都市でした。自動車にも配電盤があるでしょう。北海道や沖縄の端まで、文明という電気を配る。そういう装置が東京でした。

江戸時代には、金沢もあるし、京都もあった。薩摩もあるし、長州もあるというようなものでしたが、明治は東京一極でしかない。東京大学の農学部を出て農業を修めた人は、その下の高等農林へ行って教授になる。高等農林で教わった人は、農学校の先生になる。ちゃんと配電盤ができています。そして、各県の農事課に行って、農業指導をする。同時に、農事試験場で、大学および高等農林出の人が技師になって、文明の伝達をする。結果として、コシヒカリとかササニシキが出た。お米を日進月歩させた、改良させた国は日本しかありません。アメリカのカリフォルニア米も、日本の何らかの品種を向こうで栽培しています。

東京が文明でした。漱石は明治の子です

漱石は明治の人でして、明治を信じていました。配電盤を信じていました。京都大学の先生をやめて、朝日新聞に移るときが明治四十年だったと思いますが、京都に行っています。二度目の京都でした。亡くなった子規と一緒にここへ来たかったという思い出を朝日新聞に書いています。最初に京都に行ったのは子規と一緒でしたか

ら。

そして京都のことを、本当にぼろぼろに書いております。お寺ばかりあって、実にしみったれた、寂しい、死んだような町だと思ったんです。「ぜんざい」と書いた赤ちょうちんがあって、その文字も下品だったなどと書いている（笑）。

これほどぼろぼろに京都を書いた人はないと思うんですよ。その後、大正時代に和辻哲郎たちが出て、京都や奈良の評価がはじまるんですが、漱石にとっては東京だけが文明だった。やっぱり、漱石は明治の子であります。

東京一極ですから三四郎は熊本から上らざるを得ない。『三四郎』は東京へ上ってくる小説です。首都に行くということが小説の中心的なテーマになるんですよ。これはフランスにも、イギリスにも、無論、アメリカにもない現象でしょう。

三四郎は、東京には輝ける光源があるということで、ワクワクしながら行く。無論、漱石のことですから、簡単にワクワクさせてはいません。

熊本から東京まで、名古屋で一泊するような汽車の時代です。名古屋で一泊するときに、同乗の女の人に頼まれ、宿屋がないからと一緒の部屋に泊まるはめになる。その女の人と変なことにならないかしらと、僕らは思いますが、ならないんですな。三四郎っていうのは頼りない人間で、後でその女の人と別れるときに、「度胸のない方ですね」などと言われてしまいます。

三四郎は、行動派でなくて、徘徊派です。試しつ、眺めつ、行きつ、戻りつというタイプの青年にしてある。漱石もそうなんです。漱石は、三四郎は自分の分身だと思ったでしょう。あまり行動しない。しかしながら、徘徊の楽しみというのを三四郎は知っている。そして基本的には江戸時代の人間なんです。これを与次郎というやつにからかわれるんですな。与次郎というのは学生でちゃかまかしていて、江戸っ子を天ぷらにしたような人間です。これはうまい創作です。この人物をつくりあげたのは、漱石の作家としてのたいへんな才能だと思います。

ところが与次郎は、江戸っ子かと思ったら、江戸っ子でもない。どうもどこからか出てきたらしい。そして東大のジュニアコースを経てないものですから、丘浅次郎さんのように選科生なんです。しかし三四郎と同じように授業を聞いています。それは目から鼻に抜けるような才子で、三四郎を惑わすわけです。

三四郎は茫然《ぼんやり》していた。やがて、小さな声で「矛盾だ」といった。大学の空気とあの女が矛盾なのだか、あの色彩とあの眼付《めつき》が矛盾なのだか、あの女を見て、汽車の女を思い出したのが矛盾なのだか、それとも未来に対する自分の方針が二途《ふたみち》に矛盾しているのか、または非常に嬉しいものに対して恐《おそれ》を抱く所が矛盾しているのか、――この田舎出の青年には、凡《すべ》て解らなかった。ただ何だか矛盾であった。

最初のくだりです。込み入った三四郎の戸惑いの心境を、四行か五行で表現しているという点で、日本の文章はここまできました。明治の新しい文章は漱石になってできたわけですから、この文章は当時の新品です。新品ですけど、相当なことが言えているというサンプルです。

ここでいう矛盾とは、二律背反ということであります。

漱石は子規と友達だということで俳句が好きになったんですが、漱石の俳句はいいですね。私はほんの五、六年前に気づきました。

いい俳句には矛盾があるんです。

いい俳句は二律背反であって、二律背反がない俳句は、ビルの屋上から下までの垂れ幕みたいなもので、一面的なテーゼだけがあってアンチテーゼがない。「古池や」という、静かなところにぽつんと蛙が飛び込んじゃった、はじけるような音がした。大きな音じゃないけれども、緊張がはじけたというのが、芭蕉の句です。

矛盾は、漱石の暮らしの中にもあったし、文学の中にもある。三四郎も東京に接近して、矛盾のなかについに入る。理学部の助手で、寺田寅彦（一八七八〜一九三五）がモデルになった野々宮さんに会った。その日に有名な美禰子《みねこ》さんに会ってしまう。三四郎池か何かをうろうろしているときに、美禰子さんが向こうからやってきて、そのときは知り合いではないから、ただ、呆然と日本的だと書いてあるんですね。そして知的で、惑わすような感じが美禰子さんにあるのを知り、三四郎は矛盾のかたまりになってしまう。

美禰子さんというのは、非常に魅力的な女性で、うぶな三四郎をごじゃごじゃにしちゃいます。三四郎はすっかりその気になっているのに、ポンとどっかに嫁入りしてしまうような人です。美禰子さんは芸術的なまでに三四郎を惑乱していく。思わせぶりの極を、美禰子さんはやるわけです。

私は子供のときに、漱石は女の人をうまく書けないなと思っていた。それはとんでもない誤りでした。年をとって読み返すと、これは名人ですね。美禰子さんをつくり出すというのは名人というほかにありません。

漱石は小説家になってから、たくさん若い人が訪ねてきても嫌がりもせずにお相手していたようです。

内田百閒《ひやつけん》（一八八九〜一九七一）は岡山の六高を出て東京大学の文学部、ドイツ文学科に入った青年です。漱石が家に来たときに、何も漱石にサービスすることができなくて、

「先生、私は耳を動かすことができます」

と言う。ばかな話ですね（笑）。

漱石という人はそういう人が好きなようですな。

「じゃあ、やってみてください」

といった。私（注・司馬さん本人）も少し動くときがあったんですが、あれは難しいんです。笑いながらは耳は動きません。だから大まじめな顔で耳を動かす。そういうようにして漱石の門下になった人です。

その百閒さんの文章でしょうか、森田草平（一八八一〜一九四九）という、金沢から出てきた人が、漱石のもとにやってくる。やってきたのは明治四十年前後でした。

森田草平は小説を書く人で、『煤煙』という作品が残っています。

この森田草平が漱石のところに出入りしているころに、平塚らいてう（一八八六〜一九七一）と恋愛します。平塚らいてうは「元始女性は太陽であった」という名文を書いて女性運動の最初の仕事をした不滅の人です。森田草平はこの人と恋愛して、この人に惑乱されていたようですな。そのことを漱石に訴えたら、じっと考えて、そういう感じの女性はおれにはわかると漱石が言った。美禰子像ができあがっていたんですね。

そういう女性がなぜそんなことをするのか、その女性はすることが快感なんだろう。無論、美人で才女でないと、そんなことしませんよ。自分で美人で才女であることを明かすというか、試すというか、そのためにする。

漱石はべつにそれをモデルにしたわけじゃなくて、森田草平が平塚らいてうに惑乱させられていることをこぼすのを聞き、それで女性の中における一つのサンプルを美禰子という形でつくりあげた。

三四郎は、東京という文明の、灯台の光の源みたいなところに来て、目がくらんでいます。美禰子を見て東京なんだ、東京の女はこうかと思う。言っちゃなんだが、熊本の三輪田の御光《おみつ》さんなんてちょっと比べられないじゃないか。御光さんは、お母さんが薦めている縁談の相手ですね。

その日は何となく気が鬱して、面白くなかったので、池の周囲《まわり》を回る事は見合《みあわせ》て家《うち》へ帰った。晩食後筆記を繰返して読んで見たが、別に愉快にも不愉快にもならなかった。母に言文一致の手紙を書いた。——学校は始まった。これから毎日出る。学校は大変広い好《い》い場所で、建物も大変美しい。真中に池がある。池の周囲を散歩するのが楽みだ。電車には近頃漸《よう》く乗馴れた。何か買って上たいが、何が好いか分らないから、買って上げない。欲しければそっちからいって来てくれ。今年の米は今に価《ね》が出るから、売らずにおく方が得だろう。三輪田の御光さんにはあまり愛想を善くしない方が好かろう。東京へ来て見ると人はいくらでもいる。男も多いが女も多い。というような事をごたごた並べたものであった。

与次郎という銀流し――銀流しというのは、メッキという意味ですな。古い江戸弁です――のような男にも三四郎は惑乱されるわけですけれども、与次郎は三四郎をからかうのに、「君は江戸時代のような人間だ」などと言う。当時は東京以外は江戸時代ですな。熊本のような県庁所在地といえども江戸時代が続いている。

ですから熊本から東京に来るのは、いまの人がニューヨークやパリに行ったりするよりもすごかったんです。これは世界史の中で、明治だけの現象だと思います。当時の熊本から東京に行くことは、当時の東京からパリへ行くどころの騒ぎじゃなかった。文明の落差がそれほど激しかった。その文明の落差に三四郎は悩む。だから三四郎は、日本の近代史の中の人物なんですね。

二、三日前三四郎は美学の教師からグルーズの画《え》を見せてもらった。その時美学の教師が、この人の画《か》いた女の肖像は悉《ことごと》くヴォラプチュアスな表情に富んでいると説明した。ヴォラプチュアス！　池の女のこの時の眼付を形容するにはこれより外に言葉がない。何か訴えている。艶なるあるものを訴えている。そうして正《まさ》しく官能に訴えている。けれども官能の骨を透して髄に徹する訴え方である。甘いものに堪え得る程度を超えて、烈しい刺激と変ずる訴え方である。甘いといわんよりは苦痛である。卑しく媚びるのとは無論違う。見られるものの方が是非媚《こび》たくなるほどに残酷な眼付である。しかもこの女にグルーズの画と似た所は一つもない。眼はグルーズのより半分も小さい。

「広田さんの御移転《おこし》になるのは、こちらで御座いましょうか」

「はあ、此処《ここ》です」

女の声と調子に較べると、三四郎の答は頗《すこぶ》るぶっきら棒である。三四郎も気が付いている。けれども外にいいようがなかった。

「まだ御移りにならないんで御座いますか」女の言葉は明確《はっきり》している。普通のように後《あと》を濁さない。

「まだ来ません。もう来るでしょう」

女はしばし逡巡《ためら》った。手に大きな籃《バスケット》を提げている。女の着物は例によって、分らない。ただ何時《いつ》ものように光らないだけが眼についた。地が何だかぶつぶつしている。それに縞だか模様だかある。その模様が如何にも出鱈目である。

上から桜の葉が時々落ちて来る。その一つが籃の蓋の上に乗った。乗ったと思ううちに吹かれて行った。風が女を包んだ。女は秋の中に立っている。

いま、だれかが書いても通用する文章です。文章の混乱期が漱石によっておさまるわけでありますけれども、よくこの時代にこういう明るくて、しかも意味がよくわかる、そして人間の何事かまで迫ることができる文章を書けたと思います。

漱石は立身出世のカードを捨てた人

漱石の文章の特徴は、一つの意味は一つの荷車にしか載っていないことですね。学校で論文を書いたりすると、頭のいい人ほど、くねくねと一つの荷車に――荷車というのはセンテンスのことですが――三つも四つも載せてしまいます。

漱石の文章は、センテンスは短い。日本語には、関係代名詞という扉のちょうつがいがないものですから、長い文章はだめなんです。漱石の文章は、短い文章が幾つもあって、どちらかというと、畳み込まれていく。

関係代名詞のない言葉ですから、なるべく短く書いたほうがいいんですが、しかしながら、センテンスのつなぎ方によってはそれが関係代名詞のかわりもなす。一台一台、バラバラに坂道をころころ転がるんじゃなくて、連結して転がっていく。そしてその意味がよくわかっている。これがいまの文章でよくわかりますね。

漱石は英文学をやったことはしまったと思っていたのに、行きたくもないロンドンに行くことになる。当時の日本と、イギリスというヨーロッパの代表の国との開きの甚だしさに、もうとてもだめだと打ちひしがれて帰ってくるわけです。

『三四郎』の中で、熊本から東京へ行く途中で三四郎は広田先生という、へんてこりんな先生に会います。この広田先生は第一高等学校の教授らしいんですが、ただの車中のおじさんとして出現して、そしてなんだか「日本はどうなるんですか」と三四郎が聞くと、「滅びるね」と言う。まあ、これは漱石の正直な述懐であります。

漱石は私より――私は若いときは、中肉中背だと思ったんですが、今は背が低いですな――ずっと背が低いんですよ。一メートル五八センチで、しかも薄あばたがあって、非常に気にしておりました。お札になったらいい顔で写っていますが、本人は劣等感が強かったらしい。ロンドンを歩いていますと、立派な人間ばかりが向こうからやってくるので、もうこれはだめだと。そうしたら、すごくみっともない貧相なやつが向こうから来た。来たと思ったら、自分の姿が鏡に映ってたそうですね（笑）。だから漱石という人は、英文学については、失望や挫折というよりも、縁切りをしています。イギリスを見捨てた、英文学も見捨てたと書いている。

そのくせに大学に講義に行っていた。しかし、しばらくして、幸い新聞社から話があったので、やめてしまった。当時、大学の先生をやめるといったらどう言えばいいでしょうか。総理大臣をやめて、田舎の役所の戸籍係になるぐらいなものかもしれません。

漱石という人は、明治時代という立身出世の時代に、立身出世のカードを全部持ってた人で、それを全部捨てた人であります。

五高の教授というのは偉いんですよ。漱石の家に遊びに行った五高時代の寺田寅彦の随筆によると、漱石の奥さんはいつも帯を締めて羽織を着て、外出着と同じ格好で家にいた。自分が訪ねていくと、必ずお菓子を二つ出してくれた。珍しいお菓子だったという。高等官ですから、それなりの住まいと身なりで暮らさなければ、世間が承知しない。漱石はそんな暮らしをしているんですけど、中身は火の車だったというのが、先ほど申し上げたとおりであります。

そういうような漱石が、つまり、西洋と日本との問題を自分の問題として眺め、悩んで、ロンドンで神経衰弱になって、日本に帰ってからは捨てたというところまでいく漱石が、もし自分が生まれ変わったらと考えました。

大工の見習いに行って、一人前の大工に、四十歳ぐらいにはなれるだろう。町にまでは出られないけれども、村の用は果たすという程度の大工さん、うまい大工じゃなくて、家の形ぐらいは建てられるという程度の大工さんに生まれてたらよかったろう、何も苦がなかったろうなあと。

あるいはお百姓さんでも、人を使うほどじゃなくて、小作よりちょっとましぐらいのお百姓さんに生まれてたらよかったろうなと。つまり、そのぐらいの才能で生まれてたらよかったろうと思うことがあったんでしょう。俳句をつくっています。「菫《すみれ》ほどな小さき人に生れたし」すみれは、日本の『古今集』でもあまり出てこないんですよ。目立たない、つまらない花ですが、漱石はそれをちゃんと見てまして、来世、もしもう一度生まれるならと。

これは漱石の基本的な悲しみだったろうと思います。

われわれは偉大な漱石を持って、夏目漱石にありがとうございましたと、私も文章を書くはしくれですから、近代日本語の文章の先祖にありがとうございましたということで、きょうの話は終わります。

一九九一年十月二十二日　東京都立川市・朝日カルチャーセンター立川
原題＝私の漱石
（朝日文庫『司馬遼太郎全講演４』より再録）

#「ハイカラさん」の時代　「横浜散歩」の世界

主人公たちの関内

司馬遼太郎さんが横浜を歩いたのは一九八二（昭和五十七）年だった。

関内育ちのW氏の案内のもと、関内地区を歩いている。

〈旧居留地であり、その後は貿易商が、英文と和文のタイプライターを鳴らしている区域である〉（「横浜散歩」『街道をゆく21神戸・横浜散歩、芸備の道』、以下同）

司馬さんによると、古い大阪でいえば船場《せんば》だが、気風にいなせなところがあり、東京の下町に似ているという。

〈Wの家は、レモンの輸入を専門とする貿易商だった〉

司馬さんは「横浜散歩」のW氏について、語ったことがある。

「重役になってもいたずらっ子みたいで、とにかく横浜が好きだね。『横浜散歩』のときも、自分の家はレモンを輸入していたと書いてくれとうるさいんだ（笑）。ほんとはバナナでも儲けたと思うんだけど」

散歩はまず、JR関内駅近くの「吉田橋」から始まっている。

かつての吉田川は暗渠《あんきょ》となり、いまは高速道路が走る。

幕末、吉田橋に関所があり、関の内側の旧居留地が「関内」と呼ばれた。

〈この吉田橋を関内へわたってゆくのに、原則として町人はよく、武士はだめであった。帯刀していれば、それを抜いて外国人に斬りかかるおそれがある〉

横浜が開港したのは一八五九（安政六）年で、やがて攘夷の嵐が吹き始めた。三年後には生麦村（現・横浜市鶴見区）でイギリス人が薩摩藩士に殺傷されている。当時の日本に外国人が住むのは命がけだったのである。

しかし、そんな外国人に会うために、司馬さんの小説の主人公たちも続々と横浜に来ている。

「吉田橋の関所を百姓姿で通ったのが『胡蝶の夢』の語学の天才、伊之助（司馬凌海《りょうかい》）ですね。佐渡にくすぶっていた伊之助は明治元年、横浜の語学所に一時期、滞在した。いまの弁天橋あたりかな。『峠』の河井継之助は、スイス人の時計商、ファブル・ブラントの商館に居候をしています。ただで世話になっては悪いと、夜は拍子木たたいて火の用心に回っている。長岡戦争で河井が使ったガトリング砲は彼から買ったものですね。ファブル・ブラントは一七五番地、いまの中華街の東門（朝陽門）あたり。その後にファブル・ブラント商館は居留地の八四番地、いまの加賀町警察署周辺に移った。いまは外国人墓地に眠ってます」

と、横浜と司馬文学にとても詳しい人は、増田恒男さん。横浜に生まれ育ち、横浜市役所に三十年勤め、縁あって東大阪市の「司馬遼太郎記念館」の学芸部長となった。十年勤めて特別学芸員になり、また横浜に帰ってくると、

「浦島太郎ですよ。MM（みなとみらい21）にはついていけないし、伊勢佐木町もねえ、昔は映画館が多くて、伊勢ブラっていったんだけど」

少年時代に黒澤明監督の「天国と地獄」の横浜ロケを見たという。

幼友達には、「FENCEの向こうのアメリカ」「本牧綺談《ほんもくきだん》」などで横浜をブルースに染めた歌手、故・柳ジョージがいる。柳さんも司馬さんの大ファンで、山内容堂をテーマにした短編「酔って候」にオマージュを捧げ、作詞作曲して歌っている。

「昔は譲ちゃん、恒ちゃんの仲ですよ。お母さんが、『恒ちゃんは公務員で堅くていいわね、うちなんかどうなることか』といってたのに、いつのまにか外車に乗ってた（笑）。でも、早くに亡くなったね」

関内を海に向かって馬車道を歩きつつ、増田さんの話は司馬さんの小説に戻る。『花神』の村田蔵六（大村益次郎）は、大坂の緒方洪庵の適塾で学んだ。同門に福澤諭吉がいて、英語のことでケンカになってます」

大坂で蘭学を学び、横浜見物に来た福澤諭吉は愕然とする。

〈洋学者でありながら、看板の字も瓶《びん》のレッテルの字も読めないことにおどろくのである〉

横浜の主流はオランダ語ではなく、英語だった。落胆しつつも、これからは英語だと蔵六を誘った。

「しかし、蔵六はそのころ、長州藩に出仕してすっかり攘夷にかぶれていたんです。『何が英語だ、私には蘭書があればいい』とはねつけた。そのくせ福澤が咸臨丸に乗ってアメリカに行くと、蔵六も急いで英語を学んでいる。先生はヘボン式ローマ字で名高い、ヘボン博士ですね」

取材時、ちょうど日本大通りの「横浜開港資料館」では、企画展「宣教医ヘボン――ローマ字・和英辞書・翻訳聖書のパイオニア――」を開催中だった。主任調査研究員、石崎康子さんがいう。

「成仏寺（現・横浜市神奈川区）に住んでいたヘボンのもとに、大村益次郎が通いました。ヘボンは一八六二（文久二）年に起きた生麦事件の被害者を治療したことでも知られています」

この時期に和英辞典の編纂《へんさん》に着手しているそうだ。

「『びびる』とか『アベコベ』などといった言葉まで収集しています。骨や内臓の名前など、医療関係の言葉も多い。ヘボン夫人の英語塾は明治学院やフェリス女学院へと発展します」

資料館を出て、山下公園の氷川丸を訪ねた。司馬さんはこの船について、〈横浜の象徴〉と書いている。

日本郵船の大型客船「氷川丸」は一九三〇年が初航海。シアトル航路の主力船として働いた。俳優のチャプリンが乗船したことは有名で、船の家庭的な雰囲気と天ぷら、カレーライスが気に入ったらしい。

第二次世界大戦中は病院船となって南方戦線に赴き、三度触雷し、機銃掃射も受けたが沈まなかった。

戦後は復員・引揚船として三万人近くを乗せ、その後は北海道航路、五三年からはシアトル航路に復帰するなど、六〇年に引退するまで、激動の〝船人生〟を送った。

〈横浜市はこの船の不屈の働きと縁起のよさと姿の優美さがよほど気に入ったらしく、日本郵船にたのんで、横浜港のいわば象徴として、同船の引退の翌年、永久繋留《けいりゅう》を実現させた〉

氷川丸はスクリューや舵《かじ》を取り外しているため航海はできないが、現在でも二十人ほどの人が勤務し、代々「船長」がいる。

「日本郵船の船乗りが、代々船長をつとめているんですよ」

第二十八代氷川丸船長の、金谷範夫さんが出迎えてくれた。

石原裕次郎や赤木圭一郎ら「海の男」に憧れて、七一年に日本郵船に入社したという。日本郵船の一等航海士として活躍した。

「北極と南極以外の海はほとんど行きましたね。時化《しけ》で船が揺れると、胃も上下に運動するんでおなかが空くんです。若いとき、ものすごい時化でやたらに腹が減ったとき、青い顔の仲間から、『金ちゃん、一人前の船乗りになったね。あんたは海の男だよ』といわれましたよ」

十一年前に氷川丸の船長になった。リニューアルで休業したことがあるが、当時を振り返っていう。

「不思議なもので、人が入らない状態になると、塗装とかが一気に劣化して、冷えて割れたりします。そのときに、泣いているような音がして、この船は生きてると感じました」

竣工当時の内装を再現するリニューアル後は来船者数が増え、二〇一三年は三十万人近くに達した。

「彼女は『北太平洋の女王』と呼ばれた船ですからね。一九三〇年の異空間をたっぷり味わっていただきたいと思います」

東京・神田和泉町の生まれで、奥さんは神戸出身だという。

「日本郵船の船乗りは、関東や関西に家庭のある人が多かったですね。神戸に着くと横浜に家がある人が留守番し、横浜に着くと神戸に家がある人が留守番してました」

「氷川丸」の船長になってから、横須賀港に固定されている「記念艦三笠」を見学にいったという。

「三笠も楽しいですね。弁当持っていっても見切れないくらいおもしろい。そのあと、『坂の上の雲』を読みました。おもしろかったなあ。しかしロシアのロジェストウェンスキー提督はダメだね（笑）。あんなに厳しく訓練したら、部下は疲れちゃう。こいつ、船を知らないなと思いましたね」

いなせな男の提督評だった。

赤レンガ倉庫の〝少年〟

横浜の元町通りから山手の外国人墓地への坂を上ると、「港の見える丘公園」が見えてくる。

ここから見える横浜港の夜景はデートの定番だが、公園内には「大佛《おさらぎ》次郎記念館」がある。

『天皇の世紀』で知られる大先輩の作家、大佛次郎さんについて、司馬さんは横浜での講演「横浜のダンディズム」（一九八八年）で話している。

司馬さんが四十代のころ、直木賞の選考会には大佛さんの姿があった。がんとの闘病中で、それでも病院から選考会に出席していた。長身を白いスーツに包み、選考会が終わると、姪御さんに支えられて病院へ戻っていったという。

〈この人のダンディズム、それは横浜のダンディズムでもあります。それが終生、大佛文学には貫かれていた。この人がよその土地で生まれていたなら、大佛さんは全く違った作家として存在したでしょう〉（『司馬遼太郎全講演３』朝日文庫）

ダンディズムと下町文化が同居するのが横浜なのかもしれない。

一九八二年九月の「横浜散歩」の取材に同行した畠山哲明さんが、司馬遼太郎記念館会誌「遼」(二〇一三年冬季号)に思い出を寄せた。テーマは「横浜散歩」の水先案内人、「W氏」こと故涌井昭治さんのことだった。畠山さんは当時の週刊朝日編集長で、涌井さんは朝日新聞出版局長。畠山さんは涌井さんについて書いている。

「誰もが『ワクちゃん』と呼んだ。おしゃれだが、何となく泥くさくもあった。ハマッ子で『生粋の関内生まれ』が自慢で誇りでもあった」

畠山さんはいう。

「ハマっ子というのは、江戸っ子とはまた違うでしょ。横浜には文明開化のハイカラなイメージがある。関内育ちのワクちゃんは、ハイカラ代表のつもりだったんじゃないかな。司馬さんはハマっ子のこだわりをよく知っているから、おもしろがって案内させたと思いますね」

たとえば、涌井さんは「関内」のイントネーションにうるさかった。「カンナイ」の「カ」にアクセントを置く人が多いが、

「そりゃインチキな野郎だ」

と怒ったという。

「平坦に、『カンナイ』っていうのが本当だっていうんだよ」

と、畠山さんは笑う。

「涌井は意気込んで先頭を歩く。お国自慢などは好きでない司馬さんが笑顔でつづく」

涌井さんは司馬さんを次々に〝穴場〟に案内していった。

大岡川の河口付近にかかる弁天橋の近くで泳いだといい、

「いつも塩っ辛かったよ」

さらには、倉庫事務所が並び立つそばの、廃船が浮かぶ〝矩形《くけい》の水溜まり〟に連れていき、ここで「泳いでたんだ。パンツもなしに」という。

司馬さんは圧倒されたようで、つぶやいている。

〈「君の少年と」〉

と、私はいった。

「『午後の曳航《えいこう》』の少年とは、またちがうな」〉（「横浜散歩」）

三島由紀夫の『午後の曳航』には美しい母とその恋人の若い船員の間で揺れる少年が登場する。そのアンニュイな世界と、パンツなしで泳ぐ腕白小僧の世界はたしかに違う。

この一九八二年の「横浜散歩」と「神戸散歩」は対をなし、「神戸散歩」が取材も掲載も先だった。その「神戸散歩」の取材が終わったとき（八二年七月三十日）、司馬さんは涌井さんに手紙を書いている。

要約すると、社長や局長になるのは大変で、特に創造的な才能にあふれた人がなるのは大変だ。創造的な人間には「チャイルド」の部分が必要だけれど、社長や局長には「アダルト」の才能が要る。

〈刀、かみそりといった、よく切れる人が、わざわざみずからを鈍《なた》にし、棒になり、しまいには一個の漬物石にならねばならない〉(『司馬遼太郎の世界』文春文庫)

よき「漬物石＝アダルト」になりなさいという手紙をもらった涌井さんだったが、一カ月後、思い切り本当の「チャイルド」になって横浜を案内したことになる。

最後に涌井さんが案内したのは横浜港の新港埠頭だった。

〈「ここだ」

と、Wは前方に、十八世紀の銅版画の世界のような風景を指さした〉(「横浜散歩」以下同)

埠頭には赤レンガの倉庫が二棟あった。当時はずいぶん静かだったようだ。

〈倉庫の多くはあまり稼働していないらしく、このひろい一郭にひとりの人影もなかった。建物と建物のあいだを通りぬけてくる潮風だけが、動いている〉

赤レンガ倉庫二棟の間に、レールが通っていた。港と列車の駅を結ぶ貨物用の線路で、わずかに使われているようだった。涌井さんはレールの上に片足をのせ、もう一つの足を前進させた。

〈両腕を水平にあげ、平行運動をする学童のようにして歩きはじめた〉

映画「スタンド・バイ・ミー」のような感じだが、涌井さんはときどきよろめいた。

〈両手の一方を上下させることで復元し、さらに数歩すすんで、ついに落ちた。そのうしろ姿は、とても一九二七年うまれとはおもえなかった〉

新港埠頭はかつて「東洋一」の規模をほこっていた。

日本郵船などの大型船が着岸したターミナルであり、さらには物流の拠点でもあった。赤レンガ倉庫は一九一三（大正二）年に完成して、たばこや洋酒、羊毛などの取扱量が多かったという。

赤レンガ倉庫の「大家さん」は横浜市になる。

港湾局賑わい振興課係長の吉澤智さんがいう。

「新港埠頭には、かつて『横浜港駅《みなと》』がありました。外国航路の乗客や見送り客のため、東京駅からノンストップで来る列車もありました。貨物用のレールも港中に張り巡らされ、今も新港埠頭やみなとみらい21地区に一部残っています」

関東大震災で被害を受け、第二次世界大戦後には米軍に埠頭そのものが接収されることもあった。それでも新港埠頭は戦後の復興を支える働きをしていたが、やがて時代は変革期を迎える。

「海外旅行は飛行機の時代となり、昭和四十年代後半からは物流の主力もコンテナ、トラックに変わりました。本牧埠頭や大黒埠頭が台頭し、新港埠頭はさびれていきます。横浜港駅は廃止され、赤レンガ倉庫も倉庫として使われていたのは八九（平成元）年までです」

同じく賑わい振興課で、横浜生まれの井上弘さんもいう。

「八六年の記録だと、倉庫が主に扱っていたのは、輸入だと塩蔵野菜、竹ぼうき。輸出だとコピー機ですね。当時の赤レンガ倉庫付近は、税関職員や港湾関係者以外は、基本的に入れませんでした。このころは荒廃していたでしょう。『あぶない刑事』などのドラマ撮影で使われたりしてましたが、当時は落書きだらけだった様子が映ったりしています」

しかし赤レンガは復活する。

九二（平成四）年に横浜市の所有となり、二〇〇二（平成十四）年に、文化・商業施設としてリニューアルオープンした。

「〇二年はサッカーワールドカップの決勝戦が横浜で開催されたり、大さん橋も新しくなった年で、横浜が大きく変わった年なんです」

と、横浜赤レンガ倉庫では説明する。来館者数はその後も増え続け、一二年は過去最高の六百七万人が訪れたという。

かつての横浜港駅のプラットホームは保存・復元され、線路の一部は「汽車道」と名付けられた遊歩道になっている。涌井さんが歩いた線路は枕木がはずされ、地面とフラットな状態ながら、今も赤レンガ倉庫の二棟の間に残っている。

司馬さんの前でバランスをとって歩いた〝少年〟の、三十年前の得意そうな顔が浮かんだ。

頼朝から昭和海軍へ　「三浦半島記」の世界

鎌倉の散歩道

司馬さんが「三浦半島記」を取材したのは一九九五（平成七）年だった。

〈横浜の磯子《いそご》にいる。三浦半島の東の根にちかい。（略）丘上のホテルから、毎日勤め人のように半島に通《かよ》っている〉（『街道をゆく42三浦半島記』以下同）

当時はあった〝丘上のホテル〟に泊まり、三浦半島の横須賀、鎌倉を中心に、一月、二月、四月と取材を続けることになる。

磯子に入ったのは一月二日。

司馬夫妻とは新幹線の新横浜駅で待ち合わせることになっていた。ところが、私（村井）が東京から迎えの車で新横浜に向かったところ、大渋滞に巻き込まれてしまった。

「川崎大師の初詣渋滞ですね。これは間に合いませんねえ」

運転手さんはのんびりいう。

「マズイ」

と思った。待ち合わせ場所は新横浜駅のホームなのである。東大阪の自宅で打ち合わ

せしたとき、

「悪いなあ。ホームまで迎えに来てもらうなんて」

という司馬さんに、

「そんな、当たり前ですよ」

といったことがアダになった。

約束の待ち合わせは午後六時。真冬の、吹き抜けのホームの風はさらに冷たくなっているだろう。

まだ携帯電話もない時代である。

せめてホームを降りて、構内で待っていてくれればいいが、こういう場合、司馬夫妻は約束の場所からテコでも動かない。基本的にマジメだし、頑固でもある。きっと私の悪口をブツブツいいながら、ホームに立ち尽くしているに違いない。

遅れること約三十分、ようやくホームにたどり着くと、司馬夫妻は暗い表情で銅像のように立っていた。

冷え切っていただろうに、息せき切った私を見ると、二人とも急に笑顔になり、

「あけましておめでとう」

……。おめでたくない私は正月早々、汗びっしょり。担当者になって六年目、「三浦半島記」はこうして始まった。

そんなスタートにもかかわらず、司馬さんは精力的に取材を進めてくれた。まず一月の取材では横須賀方面を中心に歩いている。司馬さんの取材は車での移動が多いが、「三浦半島記」は珍しくよく歩いた。

仕事始めの三日は横須賀の衣笠山《きぬがさやま》（一三四メートル）に登り、五日はさらに高い大楠《おおぐす》山《やま》にも登っている。

〈最高峰の大楠山にのぼってみた。

ただし三浦半島でのことで、大楠山の標高は二四一・三メートルしかない。

でありつつ、その山頂からの眺望は、日本国のどの名山よりもすぐれている、という〉

この山からは東京もよく見える。

司馬さんはまず地形を頭に入れる人だった。

〈東京湾をへだてて房総半島の山々が横たわり、一方、相模湾のむこうに伊豆がみえ、さらには箱根がみえ、その上に富士の高嶺《たかね》がうかんでいる〉

関東が一望にできることになる。

〈半島の地形が、足もとにひろがっている〉

そういえば、以前、司馬さんは友人で土木学者の宮村忠さん（関東学院大名誉教授）と半島について話し込んでいたことがあった。

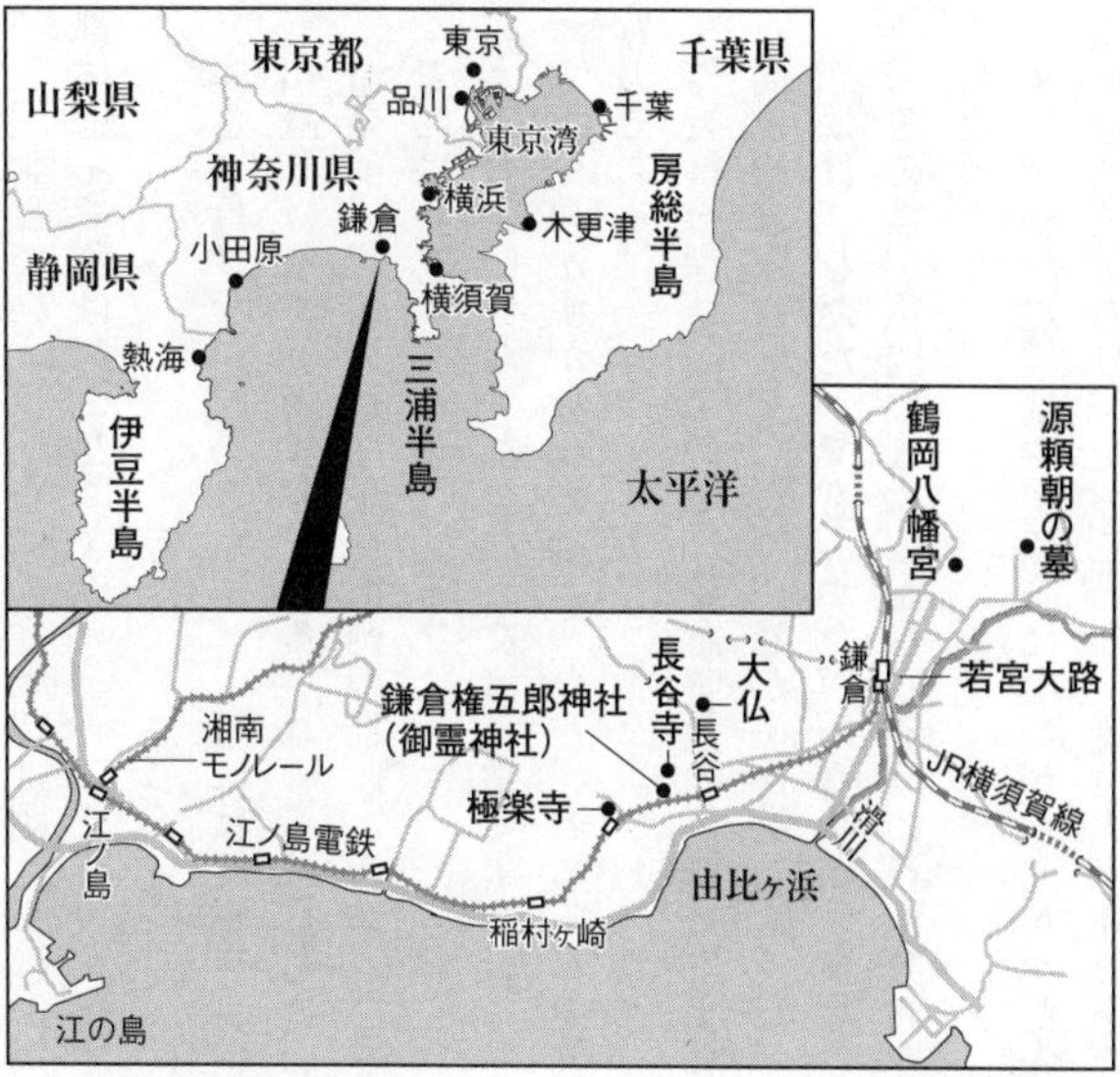

二人はどちらからともなくいい始めたのである。

「近頃、半島に凝っているんです」

「そうですか。私もですよ」

ゴルフや音楽、映画に凝る人ならいくらでもいるだろうが、〝半島〞に凝る人はあまりいないだろう。

二人の半島談議を不思議な気持ちで聞いた記憶がある。ずいぶんあとになって宮村さんに聞くと、

「司馬さんはね、半島は片側しか発達しないんだよ、両側が華やかな半島はないんだといわれてましたね」

と、思い出を語ってくれた。

三浦半島でいえば、右側の横須賀は明治後に海軍で発展し、左側の鎌倉は源頼朝が首都に選んで開けたことになる。

◇　◇

寒さに負けない司馬さんは、二月には鎌倉を歩いている。山登りはなく、街歩きである。コースは打ち合わせ済みだった。出発前に、司馬さんから恒例の軽い〝テスト〟を受けていた。

「『とはずがたり』、知ってる?」

「えーと、いつだったかな、女流文学ですよね」

文学史のかすかな記憶はあったが、もちろん内容は知らない。聞かずに語ってほしいものである。

作者は後深草院二条で、鎌倉時代の後期に生まれ、前半生を京都で過ごしている。高位の公家の娘で、賢く、恋が多かったようだ。

〈恋には、したたかでもあった。ある時期、複数の相手を愛し、当時も罪の意識になやみ、その後、仏門に入ってから、そういう自分の罪障を見すえ、そのことによって菩提《ぼだい》を得ようとした〉

恋に疲れた尼僧はやがて旅に出るが、向かった先は鎌倉である。

「その二条がありがたいことに、鎌倉の街並みを書いてくれているんだ。鎌倉時代の景色や建物、道路とか、あんまり書いているものは残ってないからね」

と、司馬さんはいう。

『とはずがたり』のテーマは恋愛でもあり、紀行でもあった。

「鎌倉に入る前に江の島で一泊し、化粧坂《けわいざか》を通って鎌倉に入っている。でも彼女は江の島から極楽寺に行っている。すぐ近くの極楽寺坂を通るのが自然だと思うんだ」

恋の世界に前半生を過ごした二条にすれば、化粧坂という地名が魅力的に響いたのかもしれない。

「そんな二条が歩いたように、鎌倉に入ってみようか」

いま考えてみれば、「三浦半島記」にはかなりの悪《ワル》が登場し、謀殺、暗殺の場面が繰り広げられる。この物騒な時代を書くにあたって、二条は彩りを与える役割を果たしたのかもしれない。

こうして二月五日、司馬さんは磯子を出発、鎌倉に入った。しばらく鎌倉市内を車で走り、長谷《はせ》観音前でわざわざ車を降りて、江ノ島電鉄「長谷」駅から電車に乗った。トンネルをくぐって長谷駅の隣が「極楽寺」駅である。

この日は午前中に雪が降るほど寒かった。司馬さんは駅に着いてすぐ辺りを見回し、

「GOKURAKU亭」

という喫茶店の看板を見つけた。

「まあ、お茶を飲もうか」

と、街歩きに張り切っていた同行者九人の気合をまず抜いた。体を温めてからということだったが、そのまま司馬さんはこの喫茶店に一時間ほどもいた。寒さにひるんだのかもしれない。

〈坂の頂点にちかいあたりに、店が一軒、山肌に貼りつくようにして建っている。電車のように細長い建物で、店内には古時計やら陶器が置かれており、喫茶店でもある〉

店主は代わったが、この店はいまもある。

当時の店主、山岸俊彦さんにも久しぶりに会った。山岸さんは極楽寺のすぐそばで「ギャラリーGOKURAKU亭」を開いている。当時を思い出してくれた。

「お店に入ってきたとき、有名な作家だけど名前が出てこなくて、それから『あ、シバレンさんだ』(笑)。そのあと、司馬さんだとすぐ気づきました。熱心に灰皿とか見てらっしゃいましたね。お帰りになるとき、コーヒーはいかがでしたかと伺うと、『おいしかったですよ』といってくださったのが、お世辞でもうれしかったです」

当時の取材ノートには、

「コーヒー旨し」

と書いてあったから、お世辞ではありませんよ。

「その後、司馬先生がお亡くなりになってから、ファンの方によく来ていただきました。

同じ席に座ってうれしそうな顔をされる方がたくさんいたのには驚きました」

その喫茶店から鎌倉に向かう道が極楽寺坂である。

コースとしては極楽寺坂を下りて、途中に「鎌倉権五郎神社」、由比《ゆい》ヶ浜を経由して若宮大路に出るというもの。一時間は歩いただろうか。司馬さんが歩いた道は新道で、二条の歩いた旧道とは高低がちがう。

〈彼女は、坂の上から、市街を見た。

袋の中に物を入れたるやうに住まひたる。

簡潔なこのひとことが、十三世紀の鎌倉の市街をよく言いあらわしている〉

いまの極楽寺坂からは鎌倉の全景は見えない。すぐ近くの成就《じょうじゅ》院の石段を上りつめたところから、由比ヶ浜はよく見えた。二条が見たのはこの高さなのだろうか。

司馬さんは極楽寺坂が気に入ったようだった。

「閑寂さ」がいいという。

〈鎌倉の文化はこの閑寂さにあるといってよく、その原型は頼朝をふくめた代々の鎌倉びとがつくったものながら、明治以後、この地の閑寂を賞でてここに住んだひとたちの功といっていい〉

最近は観光客がますます増えた鎌倉だが、この辺りまで来ればまだ静けさが残っていた。

龍馬とお龍

三浦半島と関係がある司馬作品といえば、義経と頼朝の相克を描いた『義経』、日露戦争の『坂の上の雲』、そして『竜馬がゆく』も結局、縁がある。

高知の豊かな郷士の家に生まれた坂本龍馬（竜馬）は剣術修行のために一八五三（嘉永六）年、江戸に向けて出発する。

北辰一刀流の開祖、千葉周作の弟、定（貞）吉が開いた桶町道場で剣を学び、定吉の娘、佐那（さな子）と恋仲になっていく。

このあたりの『竜馬がゆく』のテンポは実に軽快で、小説の竜馬はペリー来航（一八五三、五四年）に張り切り、浦賀の黒船を間近で見物しようとしてさな子に邪魔される。

さらには、評判が高かった横須賀の長州陣地を見に行こうとする。

相州（現・神奈川県）の立ち入り禁止地域に踏み込み、長州のホープ、桂小五郎に遭遇する。

最初は見咎められるが、やがて仲良くなり、一緒に山中の百姓家で鳥鍋をつつきながら国事を語り合う。長州陣地のことを聞くと、小五郎はあっさりと自分がつくった地図を見せてくれた。

〈三浦半島を中心にした相州の地図である。南は城ケ島から浦賀、横須賀、長浦湾、平潟湾などがひと目でみえる。江戸湾、浦賀水道のあたりは波が彩色されてえがかれ、こんど再渡航してきた米国艦隊がうかんでいる〉（『竜馬がゆく（一）』）

やがて二人は意気投合し、

「やろう」

と誓いあう。

〈べつに何をやろうという目的があったわけではない。何かやるには時勢がまだ熟していなかったし、それに二人はまだあまりにも若すぎた〉

龍馬二十歳、小五郎は二十二歳だった。

歴史研究家の小美濃清明さんには、『龍馬の遺言　近代国家への道筋』（藤原書店）という著書があり、ペリー来航についても書いている。

〈偶然にペリー艦隊が浦賀に姿を現したことにより龍馬の人生も大きく変化した。剣術修行が砲術修行となり佐久間象山の門下生となった〉（『龍馬の遺言』）

小美濃さんはいう。

「いまの京浜急行立会川駅のあたりに土佐藩の屋敷があり、そこに急造された浜川砲台に龍馬もいました。再来航したペリーはまず、江戸湾に向けて百二十六発の祝砲（空砲）を発射しています。ジョージ・ワシントンの誕生日を祝したもので、江戸中が騒然となります。さらには二日後の夜に、江戸の街が見えるところまで接近した。一種の脅迫ですね。夜通し半鐘《はんしょう》が鳴り響き、品川沖まで接近したと推測されますから、龍馬の目の前を通過したことになります」

　黒船を見たか見ないかが、分かれ道となっていく。

「巨大な黒船という実物、さらには砲撃の衝撃は大きかった。目の前のアメリカ艦隊を見たら、攘夷なんて簡単にできないぞと思ったでしょう。盟友の中岡慎太郎は強烈な攘夷論者でしたが、彼は見ていません。偶然にも見た龍馬たちは、あまり攘夷をいわなくなる。そんなことできんぞと一瞬でわかってしまい、砲術を勉強し、勝海舟に師事して海軍を学ぶことになります」

　龍馬はどう考えても好奇心が強かった人物だろうという。

「小説のように浦賀には行ってないと思いますが、自由行動ができるなら、いの一番に行きたかったと思います。心理学のはやり言葉で『ＧＲＩＴ』というのがありますね。要するに好奇心や集中力のことで、ＧＲＩＴの強い人が成功する。おもしろいのは知性とは関係のないこと。ハーバード大などでもＩＱが高くても伸びない人は伸びない。ＧＲＩＴが高い人だけみんな伸びてる。まさに龍馬はＧＲＩＴが高いタイプで、ペリー艦隊に遭遇したことをいい機会に、ガラッと人生を変えたんでしょう」

◇　◇

一九九五年一月、司馬さんは「三浦半島記」の取材で、横須賀市を訪ねた。古い市街地を歩き、司馬さんは書いている。

〈山を背負って、浄土宗の寺がある〉（「三浦半島記」以下同）

京急大津駅近くにある信楽寺《しんぎょうじ》のことで、龍馬ファンでこの寺を知らない人はまずいないだろう。司馬さんの目的は墓参りだった。

〈坂本龍馬（一八三五～六七）という、生涯が三十二年しかなかった人の妻の墓である。妻の名は、りょうと言い、龍あるいは龍子と表記した〉

龍馬は薩長同盟を成立させ、大政奉還を実現させたあと、非業に倒れてしまう。

お龍は夫を失い、一時期高知の坂本家に身を寄せていたが、龍馬の姉の乙女と折り合いが悪く、高知を去っている。その後は各地を転々とし、東京にやってきた。

〈晩年は横須賀に住み、西村松兵衛方に〝西村ツル〟としてすごした〉

一九〇六（明治三十九）年に六十六歳で亡くなっている。

〈近所の人の手でささやかな葬儀が営まれたが、ふしぎなのはこの巷の野辺の送りに、海軍士官たちがまじっていたことである〉

日露戦争中の明治三十八年春、バルチック艦隊の針路をめぐり国中が大騒ぎしているとき、美子《はるこ》皇后（のちの昭憲《しようけん》皇太后）も夢を見た。

〈夢に白装の武士があらわれ、ご心配になるようなことはありません、といったとい
う〉

宮内大臣の田中光顕が、人相風体から海軍の大先輩、坂本龍馬だと断言した。田中は維新で土佐にも功があったことを思い出させる、一種の〝花火〟をあげたかったようだ。

〈田中が漏らし、皇后の夢が新聞に出、大花火になった〉

龍馬が再評価され、その妻の存在もクローズアップされた。

〈りょうの死は、その翌年一月である。横須賀海軍鎮守府の士官たちが葬儀に参列したのは、そういう知識によるものかもしれなかった〉

海軍の大先輩に別れを告げたい後輩が集まったのだろうか。

小説『お龍』（新人物文庫）の著者、作家の植松三十里さんに話を聞いた。

「龍馬とお龍は珍しい夫婦ですね。当時は生まれたところを出る人は珍しいけど、あの二人は次々に移動します。京都で結ばれ、新婚旅行で鹿児島に行き、長崎で月琴《げっきん》を習う。国元に奥さんがいる志士がいますが、龍馬みたいに妻を連れ歩く人はまずいないでしょう」

もともと二人は〝大仏〟が縁で知り合った。

鎌倉の大仏ではなく、京都・方広寺にかつてあった大仏である。その近くに土佐の脱

藩浪士たちが住んでいて、お龍が母とともにその賄いをしていたという。

「大仏のお寺の住職が立ち会いで結婚したとお龍はいっています。要するに内縁の妻になったということで、坂本家もそう理解していた。お龍を乙女姉さんに紹介する龍馬の手紙があります。そのなかに乙女姉さんの帯をやってくれという一節があり、『龍馬って、女の気持ちがわかってないな』と思ったことがあります。京女のお龍が、田舎の帯をもらっても嬉しくないでしょう。京都と土佐では物言いにしても違いすぎます。うまくいかなかったのは仕方がないですね」

お龍の晩年について、

〈いわば、陋巷《ろうこう》の人だった〉

と、司馬さんは書いている。

「いまはもう日本の歴史で断然一番人気の龍馬ですが、当時は志半ばで亡くなった志士のひとりにすぎません。私は、それほどお龍が尾羽《おは》打《う》ち枯《か》らしたと感じていたとは思わないんですよ。龍馬はワクワクさせてくれる人でしたが、結婚生活は三年にすぎず、しかも活動家ですから、一緒にいる時間はほとんどなかったと思います。ずっと懐かしくは思ったでしょうが、激動の人生を送ることはそれほど特異な話ではなかった時代です。もちろん夢が破れた感じはあったでしょうが」

司馬さんは高知県で行った講演（一九八五年）のなかで、

「どうも竜馬は江戸でおりょうと所帯をもつということは考えていなかったんじゃないかと思うフシがあります」（『司馬遼太郎全講演3』朝日文庫）

と、冷たいことをいっている。

「そうかもしれませんね。龍馬はその時々で女性が代わりますから、新たな女性がいたかもしれないし、それとも千葉佐那と復縁するつもりだったかもしれませんよ」

司馬さんは信楽寺を訪ねたあと、浦賀から久里浜に行き、ペリー上陸の碑を見ている。

〈もしペリーショックがなければ、龍馬はそのまま天寿を全うしたろう〉

時代が龍馬に平穏な人生を許さなかったことになる。

〈江戸湾頭に押しこんできたペリーの艦隊によるショックが、まわりまわって、龍馬やりょうの生涯をそのようにはしなかったのである〉

読経の「忍人」

「三浦半島記」の冒頭部分の感想を聞かれて、

「ピカレスク（悪漢）小説みたいで、本当に悪いやつばかりですね」

といったことがある。

「そうか、もっと悪いやつたくさん出そうかな」

と、司馬さんは張り切ってくれたのだったが、なかでも源頼朝（一一四七〜九九）の父、義朝《よしとも》と家来の鎌田政家を殺した連中はひどすぎる。

源氏の棟梁で、平清盛のライバルだった義朝は「平治の乱」（一一五九年）に敗れ、都落ちする。

知多半島の長田荘司忠致《おさだのしょうじただむね》を頼った。同行の鎌田政家の舅で、長年の知己でもある。忠致は敗走に疲れた義朝に行水をすすめる一方、政家は酒席でもてなした。

ところがすべて罠だった。

まず、風呂に隠れていた数人の男たちが裸の義朝にのしかかって刺殺した。

騒ぎを聞いて立ち上がった政家はすねを斬られ、倒れると、談笑していた男たちが次々に刺した。

〈何の情熱だろう〉

と、司馬さんは書いている。

忠致は自分の領土を守ってくれる存在としてのみ義朝を見てきたが、いまや義朝はその力を失った。ならばその首を平家に差し出せば、平家とつながりができ、恩賞ももらえるかもしれない。

〈おそるべきことは、忠致には悪の意識はなかったことで、ただ所領を守るという一念しかこの事態のなかで思いうかばなかったようである〉

平安中期以降、とくに関東は大小の武士たちが跋扈《ばっこ》していた。

〈それぞれ農地《ところ》の管理権を、懸命に守っていた。そのさまを、一所懸命《いっしょけんめい》といった〉

鎌倉時代のキーワード、「一所懸命」にはこうした功利的すぎる側面もあったのだろう。

一方、父を失った頼朝は捕らえられた。

十三歳だが、男児であり、本来なら殺されても仕方がなかった。しかし亡くした子に面影が似ていると、清盛の継母が命乞いをしたことで、伊豆に流される。

以後、二十年間、頼朝は伊豆の蛭ケ小島《ひるがこじま》（現・伊豆の国市）で読経三昧の日々を送ることになる。

般若心経を毎日十九回高唱し、念仏は千百遍となえた。

千遍は父義朝のため、百遍は鎌田政家のためである。

〈憎悪の情の深さは尋常ではなかった。

日々、死者たちを供養しているのは、頼朝の場合、恨みを日々深めているといってよかった〉

こうして忍耐の日々を送った頼朝は、一一八〇年に挙兵する。

最初は敗れたが、伊豆半島の北条氏、三浦半島の三浦氏、房総半島の上総氏、千葉氏などの協力を得て、鎌倉幕府をつくり上げていく。

うそのような話で、父を殺した長田忠致も平家の衰えを見て、頼朝の陣に加わっている。受け入れる頼朝もまたすさまじい。

「初代鎌倉市長に挨拶しようか」

と、一九九五年、司馬さんは鎌倉・鶴岡八幡宮の近くの頼朝の墓に詣でている。長い階段を上りつつ、司馬さんはいった。

「頼朝は忍人《にんじん》だね」

一瞬、人参かと思ったが、「三浦半島記」に説明がある。

〈忍という文字は、善と悪の両義性をもっている。耐えしのぶには、意志の力が要る〉

この意志力は善だという。

〈しかしそれだけのつよい意志をもつ者は、いざとなれば残忍だろうということから、〝忍人〟という場合、平然としてむごいことができる人ということになる〉

頼朝は源義経、範頼といった二人の弟を死に追い込んでいる。とくに平家との戦いで大功をあげた義経の人気が高かっただけに、頼朝は冷酷な印象を後世に与えた。

一九九五年はオウム真理教の地下鉄サリン事件があった年でもあり、連日、教祖の顔がテレビに出ていた。

バブルが崩壊し、住専問題による大手銀行・大蔵省の不正・腐敗が司馬さんを憂鬱にさせていた。

「悪とは何か」

というテーマを考えるなかで、頼朝の両義性にも思いを深めていたかもしれない。

◇　◇

「平成二十八年熊本地震」の「本震」翌日の四月十七日、「武田流流鏑馬《やぶさめ》」が開催された。

「鎌倉まつり」最終日恒例の行事で、鶴岡八幡宮境内には特設の馬場が設けられ、鎌倉武士の装束に身を包んだ射手《いて》たちが現れる。強風が吹くなか、人馬ともに「一の的」「二の的」「三の的」を狙いつつ走る。

土を蹴り上げながら、時速約六〇キロのスピードで約二五〇メートルの直線馬場を駆け抜ける。サラブレッドは激しく上下して走るが、射手の姿勢は変わらない。

「一の的、的中！」

「二の的、的中！」

歓声が次々と沸く。

射手たちは大日本弓馬会の会員。官公庁の職員もいれば、証券マン、自営業と職業はさまざまで、横浜市の秋山和義さん（四三）は非営利団体の職員。流鏑馬を始めて十七年目で、騎射の姿勢が美しい。

「歴史好きですから興味はあったんです。流鏑馬って先祖代々の方たちがやるのかなと思っていたんですが、武田流では、年齢、性別関係なく、志があればできると聞いて始めました」

大学で馬術部だったので、馬の扱いには慣れていた。

「とはいえ、今までやってきた馬術とは全く違うものでしたね。日本古来の馬術は、まず鞍《くら》が木でできてるんです。そのため動いてる間は、『立ち透かし』『鞍立ち』ともいいますが、完全には座りません。西洋の馬術は人が常に馬体に密着し、馬の動きに合わせ、馬に機微な動きを伝えることができる。一方で日本の馬術は、動いているときは馬体から浮かせるため、きめ細かいコミュニケーションは取れない。しかし代わりに、乗り手は馬の動きにとらわれず、体を安定させることができ、弓を射たり、槍《やり》や刀を扱いやすくなります」

射るときは「無心」をめざす。

「時速六〇キロで走っていると、どうしても当てることに気がいってしまうんです。そうすると引きが甘くなったりするので、そこはしっかり引く。当てることを考えちゃ駄目ですね。奇麗な射形ができれば、自然に当たるようになっていきます」

鶴岡八幡宮での流鏑馬には引き締まる思いがあるようだ。

「私は、鎌倉武士のあり方が、本来の武士道であると思うんですね。武士道というと、よく新渡戸稲造の『武士道』が挙げられます。たしかに江戸時代において儒教思想が取り入れられ、発展した経緯もあります。しかし、元々の武士道が何だったかといえば、やはり鎌倉武士がめざした『もののふのみち』だった。集団戦法はまだなく、戦は個人の戦いでした。騎射の三物である『流鏑馬・笠懸《かさがけ》・犬追物《いぬおうもの》』は、武士として必須科目ですし、武家は『弓馬《きゅうば》の家』とも呼ばれました。鎌倉武士が鍛錬と精進を重ねて追究していたのが真の意味の『武士道』であったと思います」

鎌倉武士の価値観は現代人が想像するものとは大きく違っているのかもしれない。

「われわれがいま武士と聞くと、主君のために忠節を尽くす者というイメージがあります。鎌倉時代も主従は『御恩』と『奉公』の関係にあったといわれますが、しかしこれは将軍に対する滅私奉公を意味するものではなく、御恩、つまり所領の安堵《あんど》がなければ奉公はしない、とも読み取れます。鎌倉時代には、将軍と御家人の関係はドライな一面があったと考えています」

秋山さんの先祖は甲斐《かい》源氏一族の秋山光朝で、頼朝に滅ぼされているという。

「揺籃《ようらん》期で、政権樹立の過程で避けられなかった衝突であり、頼朝をとくに恨みに思うことはありません。頼朝は、権力を握るうえで非常に冷徹な部分もあったかもしれません。でもやっぱり幕府をつくるというのは大きなことですね。武家政権ができて日本の歴史が大きく動いていくんですから。頼朝も義経も、その時代を必死に生きた人物だったと私は思います」

◇　◇

鎌倉時代のもうひとつのキーワードについて、司馬さんは一九九〇（平成二）年の講演（茨城県古河市市制四十周年記念）で語っている。十二世紀に鎌倉幕府が成立する以前から、関東の武士たちの間に、言葉にする必要はないぐらい、当たり前の強い倫理観があったという。

〈ひとことで言うと、

「名こそ惜しけれ」

という言葉になります〉（『司馬遼太郎全講演４』以下同）

よく坂東武者が使った言葉だが、偉い人が自分の名声に傷がつくといった意味ではない。

〈自分という存在そのものにかけて恥ずかしいことはできないという意味であります。ですから無名な人でも、「名こそ惜しけれ」と言うことで、自らを律していた〉

さらに司馬さんは、日本人にとってこの精神こそが、今後の時代に重要な行動規範になっていくとまでいっている。

〈おそらく今後の日本は世界に対していろいろなアクションを起こしたり、リアクションを受けたりすることになります。そのとき、「名こそ惜しけれ」とさえ思えばいいですね〉

「一所懸命」と「名こそ惜しけれ」。ときに一致し、ときに矛盾する精神のなか、鎌倉武士たちは時代と向き合っていた。

演劇的な妻

司馬さんは講演を本題と少し違う角度から進めることがある。一九九〇（平成二）年十二月、茨城県古河市での講演「関東のこと」がそうで、「三浦半島記」を書く五年前だった。この講演で司馬さんは演劇を話題にしている。日本にも当然すぐれた演劇人はいて、近松門左衛門もいるし、井原西鶴も出た。

「しかしシェークスピアというのは、うらやましいですな」

イギリス人にとって、シェークスピアが残した演劇は「永遠の知恵の肩書」であり、

「シェークスピア劇はひとことで言うと、対立の劇であります」

という。対立があり、激突し、意外な結末が用意される。

「（北条）政子なら、シェークスピアの舞台にのぼって十分通用しますね」

北条政子（一一五七～一二二五）は源頼朝（一一四七～九九）の妻。夫を厳しく支え、鎌倉幕府を守るために、実の息子たちへの情にも溺れなかった。のちには〝尼将軍〟と呼ばれ、朝廷の権威にもまったくひるまなかった人でもある。

「奥さんの政子が非常に頭のいい人でして、この人がお嫁さんになったおかげで頼朝は幕府を開くことができたと、私は思います」

そして、演劇的な人生だった。

政子がいたからこそ、まず頼朝は流人の境涯から抜け出せている。

平家全盛の一一六〇（永暦元）年、平治の乱に敗れた頼朝が伊豆に流されてくる。頼朝は十四歳、政子はまだ四歳だった。それから約十年後、二人は結ばれる。父親の北条時政の反対を押し切ってのことで、鎌倉時代の歴史書「吾妻鏡」の作者は、その恋の一途さを、政子自身の言葉で書き残している。

「暗夜ニ迷ヒ、深雨ヲ凌ギ、君ノ所ニ到ル」

さらには、頼朝が平家討滅に立ち上がった「石橋山の戦い」（一一八〇年）で敗れたときの、政子の心境も描かれている。

「石橋ノ戦場ヲ出デ給フノ時、独リ伊豆山ニ残留シ、君ノ存亡ヲ知ラズ、日夜魂ヲ消ス」

もっとも頼朝はそんなに純情だったわけではない。

〈動機が単に色恋であったかどうか〉

と、司馬さんは「三浦半島記」につれないことを書く。

源氏復興を誓う頼朝だが、自前の武力は持っていない。伊豆の北条氏は微弱な勢力ながら、頼朝にとっては初期兵力となった。

さらには京の都育ちの頼朝には多妻も自然なことだった。政子以外にも親しい女性はいたし、源氏の棟梁としては子作りもまた仕事だろう。

しかし、鎌倉時代も農民は一夫一妻で、力を合わせて田畑を守った。北条氏はそもそも農民である。

〈政子は、頼朝に対し、生涯、農夫のように一夫一妻であることを強制しつづけた〉

農民気質の強い政子と結ばれることで、頼朝は異質のカルチャーを味わうことになる。

◇　◇

いまの鎌倉も、頼朝が幕府を開いたころと地形的にはほとんど変わらない。三方が山で南は相模湾という天然の要害をなし、山を背負う北端に立つのが鶴岡八幡宮である。

頼朝が一一八〇（治承四）年に鎌倉入りし、最初に取りかかったのが八幡宮の造営だった。清和源氏の嫡流であることを世に示し、頼朝の高祖父・八幡太郎義家のころから鎌倉で崇められた八幡宮をきらきらしく建て直す必要があった。海岸沿いにあった古社を現在地に移し、〝若宮〟としている。

〈平家政権よりもまず同族に対し、自分が正統であることを示さねばならず、そのために氏神のやしろを壮麗にしようと思ったのだろう〉

鶴岡八幡宮から由比ケ浜に真っすぐ延びる若宮大路も頼朝が築いた。京の内裏が鶴岡八幡宮で、朱雀大路が若宮大路と考えていたらしい。

この若宮大路の現在の全長は一・八キロ。幅は約三三メートルもあったことが発掘調査でわかっている。

司馬さんは若宮大路の中央に築かれた「段葛《だんかずら》」について興味をもった。二ノ鳥居から鶴岡八幡宮前まで四六〇メートルほどである。

〈段葛は、ふしぎな土木構造物である。（略）構造そのものも、他の道路に類がないため、わかりにくい。（略）大路の中軸に（両側でなく）、石塁を積みあげて、その塁上を歩行できるように造られている〉

実際に司馬さんは段葛を歩いた。

〈塁（段葛）の両側は桜並木で、足もとは土である。突きかためられて、古い農家の土間のように硬い〉

この一見無用な段葛があるため、若宮大路の路幅はそのぶん狭くなっている。高さも約一・二メートルしかなく、鶴岡八幡宮を囲っているわけではないため防衛上の意味もなさそうだ。

〈頼朝は、なぜこんな構造物をつくったのか〉

司馬さんは鎌倉国宝館の当時の館長、三浦勝男さんに聞いている。

「神さまが、お渡りになるための作道《つくりみち》でした」

と、答えは明快だった。

幕府が開かれて多くの武士が住みつくことで、森林を伐採し、土木による環境破壊があったという。そのため山林の保水力がなくなり、大雨が降るたび土砂や水が低い大路に集まった。雨後ぬかるんで沼地のようになると、御神体を捧持《ほうじ》した僧や神官の歩行がむずかしくなる。

「神のほかは、段葛を通るのは、将軍かその後の北条執権かにかぎられていました」

中世の鎌倉時代は史料も少なく、謎が多い。いまの鎌倉の住民が暮らす土地の下層には〝鎌倉人〟の生活跡が眠り、町そのものが鎌倉時代を物語る歴史上の貴重な遺跡であることは間違いない。しかし、三浦さんは『鎌倉の史跡』（かまくら春秋社）に書いている。

「（発掘調査の）結果、鎌倉時代の鎌倉の姿を再現、もしくは推考できるような考古学上の好成果は、得られている。けれども、史跡を保存するという立場からみれば、発掘調査は〝史跡の破壊〟という一面をもっていることを忘れてはならない」

三浦勝男さん（七八）に会った。司馬さんに会った当時（一九九五年）のことを聞くと、懐かしそうにいっていた。

「ずいぶん『一所懸命』の話をされたことが印象に残っています。鎌倉武士の原点だといっていましたね。段葛もご案内しましたよ」

現在の段葛の石塁は室町時代のものだそうだ。

「二〇一六年三月まで一年半に及ぶ改修工事の調査で、鎌倉時代の路面跡が予想より浅いところで見つかりました。鎌倉時代の史跡保護のため、平均で六〇センチほどかさ上げしたようです」

春には段葛に植えられた桜やつつじが咲き、参拝客の目を楽しませている。現在の参道は、頼朝の「家族への思い」もあったという。

「若宮大路も段葛も、政子の安産祈願のために造られたものでもあります」

政子が長男の頼家をおなかに宿しているとき、道路工事にいそしむ親子を司馬さんも描いている。

〈頼朝自身、血相を変えるような勢いで現場を指揮しているのである。北条時政も土石を運んだ〉

三浦さんはいう。

「頼朝は八幡神を重んじ、政子への深い愛情を示したのだと思います。政子が怖い女性にされていったのは室町時代以降で、強い女性だったことは間違いありませんが、多くは江戸時代に入ってからの創作です」

もっともこの夫婦は一筋縄ではいかない。頼家が誕生した直後に、頼朝の浮気が発覚した。

これが権力闘争になる。「亀ノ前」という女性を家臣宅に囲っていたのを義父の北条時政が知り、娘に言いつけてしまった。娘の気性を知り抜いてのことだが、それより外《がい》戚《せき》が増えることを時政は嫌がったようだ。

〈政子は大いに怒り、牧《まきの》三郎宗親という者に命じ、亀ノ前の隠れ家の伏見冠者広綱の屋敷を打ちこわさせてしまった〉

それを知った頼朝も怒った。

牧三郎宗親を呼びつけ、襟がみをつかみ、髻《もとどり》を切ってしまう。複雑だが、牧三郎宗親は時政の舅でもある。

〈頼朝への怒りのあらわしようがないまま、時政は無断で――いわば頼朝を見限るようにして――故郷の伊豆に帰ってしまった。鎌倉じゅうのさわぎになった〉

ただし、後ろ盾の父たちが怒っているなか、政子の弟の北条義時（一一六三～一二二四）は鎌倉に残り、頼朝を支える姿勢をみせた。

〈頼朝はすぐ義時をよび出し、言葉をきわめてその思慮と分別をほめた〉

頼朝の死後は、政子とともに義時は執権として鎌倉幕府の支柱となった。北条執権時代の始まりだった。

◇

◇

〈北条政子というのは、その存在そのものが思想といいたいほどに、主題があり、論理

が整合しているようにみえる〉

夫頼朝を失い、いずれも実子の二代将軍頼家、三代将軍実朝を失ったあとは「尼将軍」として自ら政務をとった。六十五歳のとき、後鳥羽上皇が討幕を企てる「承久の乱」（一二二一年）を起こすと、奮い立った。

頼朝が征夷大将軍になって約三十年だったが、関東武士が院（上皇）を恐れる気持ちは消えていない。ここで政子はたかだかと演説した。

「汝らは、むかしのみじめさや、つらさをわすれたか、そこから汝らを救いだした幕府の恩をわすれたか」

公家たちによる荘園制度から、武家の所領を安堵したのが頼朝であり、鎌倉幕府だった。

〈一語ずつ、馬に鞭を当てるようにはげしく、かつ論理的で、ひとびとは霰《あられ》に打たれるように伏した〉

朝廷の院宣に逆らった反乱軍が勝利をとげる。日本には珍しい演劇的な勝利だった。

明治の父（上）

「三浦半島記」には「小栗《おぐり》の話」というタイトルの章がある。

〈政治・政治家ということばは、あたらしい〉（「三浦半島記」以下同）

明治後に欧州語の翻訳として定着した言葉だという。

〈この新鮮な日本語に該当する幕末人の一人は、小栗上野介忠順《こうずけのすけただまさ》（一八二七～六八）であったにちがいない〉

司馬さんは『「明治」という国家』のなかでも、小栗について語る。

〈――新国家はどうあるべきか。

古ぼけて世界の大勢に適《あ》わなくなった旧式の徳川封建制国家の奥の奥にいながら、そんなことを考えつづけていました〉

渾身の憂国家ながら、声高に叫ぶことはない。著書もなく、日記も簡単なものしか残していない。

〈徳川国家が極度に衰弱していることを百も知った上で、歴史のなかでどのような絵を

描くかということだけが、かれの生涯の課題でした〉

課題を果たしつつ、小栗は近代日本もつくり出すことになる。

幕府滅亡の危機のなか、周囲は反対の声ばかりだったが、小栗は横須賀製鉄所の実現にこぎつける。

〈三浦半島の一漁村にすぎなかった横須賀に、フランスのツーロン軍港を範とする一大艦船製造所を興した〉（「三浦半島記」）

ツーロンは当時世界でも最大規模の軍港だった。それに負けない、あらゆるものを生み出す日本近代化の基礎工場を小栗上野介は横須賀につくろうとしたのである。

横須賀製鉄所は幕府の瓦解後も、横須賀造船所、海軍造船所、横須賀海軍工廠《こうしょう》と名称を変えつつ規模を拡大していく。横須賀にとって小栗は大恩人だった。

〈明治の父〉

と、司馬さんは『「明治」という国家』で小栗を表現する。

〈このドックは、明治国家の海軍工廠になり、造船技術を生みだす唯一の母胎になりました〉

つまりは『坂の上の雲』で司馬さんが描いた明治海軍の栄光も、スタート地点に小栗がいたのである。

◇　◇

小栗は徳川家の三河以来の旧臣の家に生まれた。

東京・神田駿河台《するがだい》の杏雲堂《きょううんどう》病院は「天下のご意見番」大久保彦左衛門の屋敷跡だが、その近くの「YWCA」や「日大病院」辺りに小栗の屋敷があった。代々二千五百石の直参旗本で、大名なみの扱いを受けてきた家の子である。

〈門地が高かったために、立身を求める必要もなく、私心もありません〉

という男だったため、幕府は小栗を安心して出世させ、小栗も期待に応えている。勘定奉行を四度、外国奉行や軍艦奉行などもつとめた。

宿命のライバルに勝海舟（一八二三〜九九）がいる。

〈小栗と勝に共通しているのは、同時期にアメリカを知ったことである〉（「三浦半島記」）

小栗がアメリカに渡ったのは一八六〇（万延元）年一月。日米修好通商条約の批准のため、米軍艦「ポーハタン号」に目付（監察）として乗船している。

小栗ら使節団数十人がニューヨークのブロードウェーを行進したとき、その挙措動作の美しきサムライたちに、物珍しいNYっ子たちは熱狂したという。

一方、勝は幕府の軍艦「咸臨丸」に乗って渡米した。正式な使節団が乗るポーハタン号に随行しての出港で、〈一種の外交上のショー〉と、司馬さんは表現する。

咸臨丸の提督は木村摂津守《せっつのかみ》（のち芥舟《かいしゅう》）。清廉な人柄で、福澤諭吉が終生尊敬した人だが、実際の航海にはそれほど詳しくない。軍艦操練所教授方頭取だった勝はトップになれず、へそを曲げてしまった。船室に引きこもり、太平洋の真ん中で、「江戸へ帰る、ボートをおろせ」といったこともあるという。

才能があるが、自分の力を存分に発揮できるポジションに勝は常に飢えていたところがある。

家柄のいい小栗ではわからない苦労もあっただろう。いつしか二人は犬猿の仲になっていく。

とはいえ、咸臨丸での航海、坂本龍馬の師匠であること、西郷と膝詰め談判で「江戸無血開城」に導いたことなど、勝のエピソードはあまりにも有名で、それに比べると、小栗の知名度はやはり低い。

そんな状況を変えるべく、奮闘してきた人がいる。小栗家旧領にある旧権田村（現・群馬県高崎市倉渕町）の東善寺住職、村上泰賢さん（七五）だ。

「薩長中心の明治政府は小栗の功績を不当にも認めませんでした。明治政府が始めた学校教育で小栗が実は偉かったんだといえば、『じゃあ誰が殺したの？』となるため、功績は意図的に隠された。何でもかんでも坂本龍馬と勝海舟の功績にしちゃうのが日本の歴史ですね」

小栗は一八六八（慶応四）年、新政府軍によって非業の死を遂げることになるが、最後の二カ月あまり住んでいたのが東善寺だった。境内に小栗の墓があるだけでなく、本堂や広間などは遺品やパネルが並び、さながら「小栗資料館」のようだ。

しかし、村上さんが小栗に関心をもったのは大人になってからだ。子どものころ夢中になった「鞍馬天狗」や「月形半平太」に大きな影響を受けていたという。

「チャンバラ映画では勤皇の志士はみんな正しく、幕府の役人はボンクラで悪いやつというのが相場です。なかでも悪役の筆頭は新選組の近藤勇。『早く捕まえてこい』と命じる黒幕が小栗上野介でした。教科書にも出てこないし、大した人物ではないんだろうなという印象でした」

咸臨丸の名は知っていても、小栗らが乗ったポーハタン号を学校で習った記憶はない。

「戦前の道徳の教科書に、太平洋の荒波を乗り越える咸臨丸と勝海舟が載っていましたね。しかし実際の横綱はポーハタン号で、咸臨丸はしょせん太刀持ち、露払い。しかも勝たちでは航海もおぼつかなかった。実際に咸臨丸を操船したブルック大尉の日記を見ると、勝については、『今日も寝ている、寝ている、寝ている』ですよ。甲板に上がったのは三回ほどで、『今日はだいぶ元気になって上がってきたが、まだ足元がおぼつかない』などと書かれている」

と、勝にはやはり手厳しい。

アメリカに渡ってからの小栗は、精力的な視察をしている。

「上陸したワシントン海軍造船所を『もう一度見たい』と希望して見学に行っています。私たちがイメージする造船所とは違い、鉄工場で蒸気機関を始めシャフト、歯車、パイプのほかに、大砲や鉄砲、ライフル銃、ドアノブまであらゆる鉄製品を作っていた。製帆所で帆、製綱所でロープ、木工所が船体部品の工場でした。つまり蒸気機関を原動力とする総合工場が当時の造船所で、小栗はそれを横須賀につくろうとした」

小栗らが帰国したのは大老井伊直弼が暗殺された（桜田門外の変）あとだったが、ひるむことなく幕閣に直言している。

「攘夷の嵐が吹き荒れ、幕府財政も火の車なのに『欧米のものでもいいものは採り入れるべき』といって憚《はばか》りません。小栗だけが造船所づくりを提言し続け、周りの人たちは辟易《へきえき》していたと書かれた文章があります」

その執念が実り、帰国四年後の一八六四（元治元）年ついに許可が出る。小栗は当初、アメリカの技術援助を思い描いていたが、南北戦争の真っただ中。そこに西欧列強のなかで日本進出が後発組だったフランスと手を組むことで、実現へ一気に動いた。

起工は一八六五（慶応元）年。フランソワ・レオンス・ヴェルニーという若き優秀な技術者の協力が大きい。ヴェルニーが仲間を引き連れ、機械や工具類をフランスで調達して来日。五年がかりで完成させた石造りの1号ドック（船渠）は、百四十年以上たった今も、在日米海軍横須賀基地内で実際に使われている。

「横須賀の特徴は三つあります。蒸気機関を動力とした総合工場であったこと、蒸気機関を慶応年間という早期から使っていたこと。そして人づくりの教育機関もあったということです。いまのスバル（富士重工業）の前身とされる中島飛行機の中島知久平は、ヴェルニーさんがつくった学校の後身、海軍機関学校の卒業生。ほかにも多くの技術者が輩出していますね」

予算計画は年間六十万ドル、四年で二百四十万ドルと膨大だった。明治新政府が引き継いだとき、五十五万ドルの借金が残ったが、生糸の輸出などでなんとかやりくりし、ちゃんと返している。なお、ヴェルニーは一八七五（明治八）年まで横須賀で働き、日本を去った。小栗と並んで銅像となり、いまも「ヴェルニー公園」から横須賀港を見守っている。

村上さんはいう。

「司馬さんの初期にお書きになったものでは、小栗は従来の悪役的な登場をしていましたが、その後、見方を変えられましたね。もっと小栗について書いていただきたかった。私が好きな小栗の言葉は『幕府の運命に限りがあろうとも、日本の運命には限りはない』というものです。幕府のためではなく、未来のために小栗は横須賀造船所をつくったと私は思います」

小栗が親友の栗本瀬兵衛（鋤雲《じょうん》）に遺した言葉も有名だろう。幕末には横須賀ドックの施工監督をつとめている。ドック工事について、幕府はそんな大金を使って大丈夫かとたずねたところ、

「たとえ幕府が亡んでも〝土蔵付き売家〟ということになります」

もはや幕府が滅びることを小栗は知っている。

ただし、幕府という〝あばら家〟が倒壊するわけではなく、あのドックのおかげで、日本の政権が土蔵付きの売り家になったのだと、小栗はいいたかったようだ。

明治後は官には仕えず、新聞記者となった鋤雲は、その明るい小栗の声と言葉を終生忘れなかった。

「三浦半島記」に司馬さんは記している。

〈馬上にいるのはもはや幕府中心主義者の小栗ではなかった。一個の日本人だった〉

明治の父（下）

一九九五（平成七）年一月六日、司馬さんは「三浦半島記」の取材で横須賀港に行った。記念艦「三笠」を再訪するためである。

三笠は日露戦争でバルチック艦隊を破った連合艦隊の旗艦。いまは記念艦として固定されている。

「三笠に行ったのは、『坂の上の雲』の取材をしていたころでした。やはり、表敬訪問しなくてはね」

日露戦争を書くとき、陸軍については自分で調べたが、「海軍」がネックだったようだ。

〈海軍となると、実感も基礎知識もなかった〉（「三浦半島記」以下同）

そのため、元海軍大佐の正木生虎《いくとら》さんを「家庭教師」として、執筆前から「文通」をしている（正木さんとの往復書簡は朝日文庫『司馬遼太郎からの手紙（下）』所収）。正木さんの父、正木義太《よしもと》さんも海軍中将で、日露戦争にも大尉として従軍した。義太さんも生虎さんも、いかにも海軍（ネイヴィ）らしいスマートさを持ち合わせていた。

「正木さんのような方が、何人いらっしゃるでしょう」

と、司馬さんは聞いている。

〈日露戦争に父君が海軍の正規士官として参加し、その子息も正規の海軍軍人で、できれば大佐級の人という意味である〉

クライマックスを書くにあたり、「実感」を必要としていたのだろう。

一九七一（昭和四十六）年二月二十一日、司馬さんは正木さんが集めてくれたネイヴィたちと、三笠の「士官室」で二時間ほど過ごしている。

〈空気までが、上等の蒸留酒の香りで洗われてゆくようだった。

私はまだ四十代だったが、自分の生涯でこういう品のいい集《つど》いの中に身を置いたのははじめてだし、再びはないだろうと幾度もおもった〉

再訪は四半世紀ぶりのこと。思い出の余韻のせいか、三笠での司馬さんはいつもより話さなかった。

艦内を見学し、司令塔上にも上っている。

対馬沖の海戦のとき、司令長官東郷平八郎は最前線の司令塔上でまったく動かなかった。

〈海戦がおわってかれが降りたあと、靴の裏のあとだけが白く乾いて残っていたとい東郷は死を覚悟していたのだろう。そんな死線を乗り越えて凱旋《がいせん》した東郷が、感謝をしたい人々がいた。

〈戦後、小栗上野介の遺族を家にまねき、

「小栗さんが、横須賀の工場を造って下さったおかげです」

と、鄭重に礼をいった〉

小栗が建設に奔走した造船所がやがて海軍工廠となり、横須賀は海軍の策源地となった。日露戦争の勝利は横須賀建設抜きでは語れないが、小栗はたたえられるどころか、非業の死を遂げた。その恩を、薩摩人ながら東郷は忘れていなかったのである。

◇　◇

小栗上野介（一八二七〜六八）と勝海舟（一八二三〜九九）について、司馬さんは『「明治」という国家』のなかで説明している。

〈建築でいえば、小栗は改造の設計者、勝は建物解体の設計者〉

小栗と勝が有為の人材であることは明白だが、倒れる寸前の幕府に対する態度はずいぶん違った。

小栗が幕府を守るために「主戦」を説けば、勝は徳川慶喜に「恭順《きょうじゅん》」を進言している。江戸開城前夜も、小栗は徹底抗戦を主張している。新政府軍は長蛇の行軍隊形で東海道を東上してくることがほぼ確実だった。

〈日本最大の艦隊をもつ徳川方が、駿河湾に海軍兵力をあつめ、艦隊で東海道を射撃しつづけるのです〉

新政府軍の大村益次郎がのちに小栗の作戦を聞き、青ざめたという。

しかし、慶喜に戦意はなかった。すでに慶喜は、後世の評価を気にしていたようだ。

〈小栗は立ちあがる慶喜の袴のすそをにぎってなおも説いたが、慶喜はそれを払って奥へ入った〉（「三浦半島記」）

小栗は勘定奉行を罷免され、江戸から知行地の権田村（現・群馬県高崎市倉渕町）に移住することになる。

小栗の菩提寺、東善寺住職の村上泰賢さん（七五）がいう。

「小栗は、薩長には将来の青写真がないと考え、政権を渡すべきではないと確信していました。しかし、いうだけいってダメなら引くしかない。朱子学に『三度諫めてこれを聴かざればこれを去る』という言葉があり、小栗も方針転換します」

小栗の遺品に二冊の日記がある。日記は一八六七（慶応三）年の元日から死の四日前、慶応四年閏《うるう》四月二日まで書かれている。

「小栗の性格でしょう。日記は誠にそっけない。大鳥圭介が来ても『来ル』だけ、アーネスト・サトウが来ても『サトヲー来ル、逢申候』だけ。何を話したのか少しぐらい書いといてくださいよという感じです」

　大鳥圭介、渋沢成一郎など、主戦派が続々と訪ねてきている。

「しかし小栗は、『いまさら戦う名義がない』と断っています。もし万が一、新政府内の権力争いで国が乱れるようなら、そのときはすぐに立ち上がるつもりといいつつ、何事もなければ前政権に仕えた『一頑民』、つまり頑固な民として田舎で静かに暮らすつもりだと語っています」

「『一頑民』とはなんともユーモラスな言葉で、小栗のセンスを感じさせてくれる。

　一方で、当時から勘定奉行だった小栗が、百万両とも五百万両ともいわれる公金を隠し持って逃げたという噂も広まっていた。軍資金にとあてこむ主戦派もいただろう。

「いまだに埋蔵金についてテレビ局から取材依頼があります。幕府再興のために金を隠したということのようですが、お金があれば生かして使うリアリストですから、埋めるなどということは考えられません」

　権田村での生活も徐々に落ち着きをみせ始めていた。

「妻のみちさんらが『今日は河原に出て草つみをしてきた』など、のどかな山村に溶け込み始めた様子が日記からも伝わってきます。しかし、新政府は小栗を捕らえます。江戸幕府の閣僚のなか、戦いもしないで殺されたのは小栗だけでした」

　一八六八（慶応四）年閏四月六日、小栗は斬首される。享年四十二だった。

〈小栗の言い分もきかず、また切腹の名誉も与えず、ただ殺してしまいました。小栗が、おそろしかったのです〉(『「明治」という国家』)

新政府軍の消えない汚点だった。

家族は会津にのがれ、妻のみちが長女クニを産む。クニが紆余曲折を経て家督を継ぎ、小栗家を再興することになる。

東郷平八郎が小栗家の遺族を自宅に招いたのは一九一二(明治四十五)年のことだった。

東郷は小栗をたたえる書を贈り、いまは東善寺に寄贈され、本堂に掲げられている。

◇　◇

司馬さんの「三浦半島記」の取材に同行した友人にもネイヴィがいた。

産経新聞OBの青木彰さんで、海軍兵学校七十五期。父の青木泰二郎はミッドウェー海戦で沈んだ航空母艦「赤城」の艦長だった。

産経では司馬さんの一年後輩で、警視庁キャップ、社会部長として鳴らし、東西の編集局長もつとめた。

退社後は筑波大学教授となって「新聞学」を教え、東京情報大学教授としても教壇に立った。

青木さんも「三浦半島記」の登場人物のひとりである。

司馬さんは、ミッドウェー海戦の敗戦の原因のひとつは「情報」だったとし、いわば、ポーカーの手の内をアメリカ側に読み取られていたのだと表現している。さらに、〈「赤城」の艦長の子息が、半生、実務と学問の主題を情報に置きつづけてきたのも、ミッドウェーの悔恨と無縁でなかったかもしれない〉（『三浦半島記』以下同）

と記している。青木さんは「賢兄愚弟」とよくいっていた。

「勝手に弟分を決め込んでいてね、勉強すれば司馬さんで、勉強しなければ僕になるんだ」

明るい人柄で、生前のみどり夫人もずいぶん頼りにしていた。

「司馬さんが仕事でイライラしているとき、青木さんのひと言で顔が明るくなったことが何度もあったの。そんなとき、ああこの人に将来お世話になるかもしれないと思ったことがあり、本当になりました」

青木さんは司馬さんの没後に「司馬遼太郎記念財団」常務理事となり、亡くなる二〇〇三年までみどりさんや財団を支え続けていた。司馬さんの海軍観、軍隊観について、青木さんが以前に言ったことがある。

「司馬さんはずいぶん海軍を贔屓《ひいき》にしてくれた。僕も海軍は好きだよ。ただし、礼賛はできないね。官僚主義は嫌なものでした」

「軍隊なんだから、結局は陸軍も海軍もみな同じようなもの。司馬さんは軍隊自体が嫌いだったと思うね」

さて、一九九五年に話を戻すと、三笠再訪の翌日、青木さんの先導で司馬さんは横須賀市の料亭「小松」を訪ねている。ここは「海軍料亭」の異名がある。

〈「小松」二代目の女将の山本直枝さんもお達者だった。小柄で色白で、和服がよく似合い、八十六にはとても見えない〉

その直枝さんの思い出が中心になった本が『海軍料亭・小松物語』（浅田勁著、かなしん出版）。常連のエピソードを、司馬さんはいくつか紹介している。

まだ若かった東郷平八郎が「小松」に三日間も流連《いつづけ》、初代の女将がしびれを切らし、

「サアサア東郷さんも、（略）今日はお艦へお帰りになって、一度お艦の皆さんにお顔をお見せして、また出直して入らっしゃい」

と、追い出したそうだ。

山本五十六も常連だった。直枝さんの述懐も紹介されている。

「山本さんは、長い戦争はだめだと語っていました。負けるとは言いませんでしたが」

多くのネイヴィたちの思い出の場所だった「小松」は最近まで営業していたが、二〇一六年五月十六日に火災で全焼した。

〈往時はまことに茫々《ぼうぼう》としている〉

解体中の焼け跡に立ちつつ、「三浦半島記」の一行を思い出した。

横浜のなかの鎌倉

「三浦半島記」では鎌倉、江戸、昭和前期などが交錯する。
〈鎌倉の世は、存外ながい。
一一八〇（治承四）年の頼朝の鎌倉入りからかぞえると、百五十三年もつづいてい
る〉（「三浦半島記」以下同）
もっとも鎌倉の支配者はいつまでも源氏ではなかった。頼朝の死後は頼家、実朝の三
代で源家は絶え、幕府のたがは一挙にゆるんだ。
〈北条執権というあたらしいたががができるまで、流血と混乱がつづいた〉
まず、義経など多くの人々にとっては〝讒言者《ざんげん》〟とされた梶原景時が一族もろとも殺
された。
関東武士団から敬愛された畠山重忠も、北条時政により謀殺される。
さらには北条氏のライバル、三浦氏で勢力が強かった和田義盛もターゲットになった。
義盛以下和田一族の墓が「和田塚」である。

〈要するに、北条氏が、頼朝以来の柱石というべき人物を、入念に消して行っただけのことである〉

こうして北条氏は独裁体制を確立していく。しかし、その政治手法はあくまで入念だった。

〈一族は、およそ華美ではなく、質実で、農民の親玉のようだった〉

実質上の王だったが、ナンバー2の執権にとどまった。京から受ける官職も「相模守」だけである。

〈神奈川県知事が、日本国の宰領役をつとめつづけたことになる〉

謙虚というより、したたかだということだろう。たがの締まった北条執権時代は十六代も続くことになる。

とくに二代義時、三代泰時、五代時頼は、安定した治世をつくった。

〈日本政治史上の巨材〉

と、司馬さんは三人を評価する。

そのひとり、三代泰時の時代に、鎌倉の外港「六浦《むつら》」への道「六浦道《むつらみち》」が整備されたようだ。

幕府の目の前には由比ヶ浜があるが、遠浅のうえに波荒く、良港とはいえなかった。

その点、六浦は船の風よけになる入り江に富んでいた。

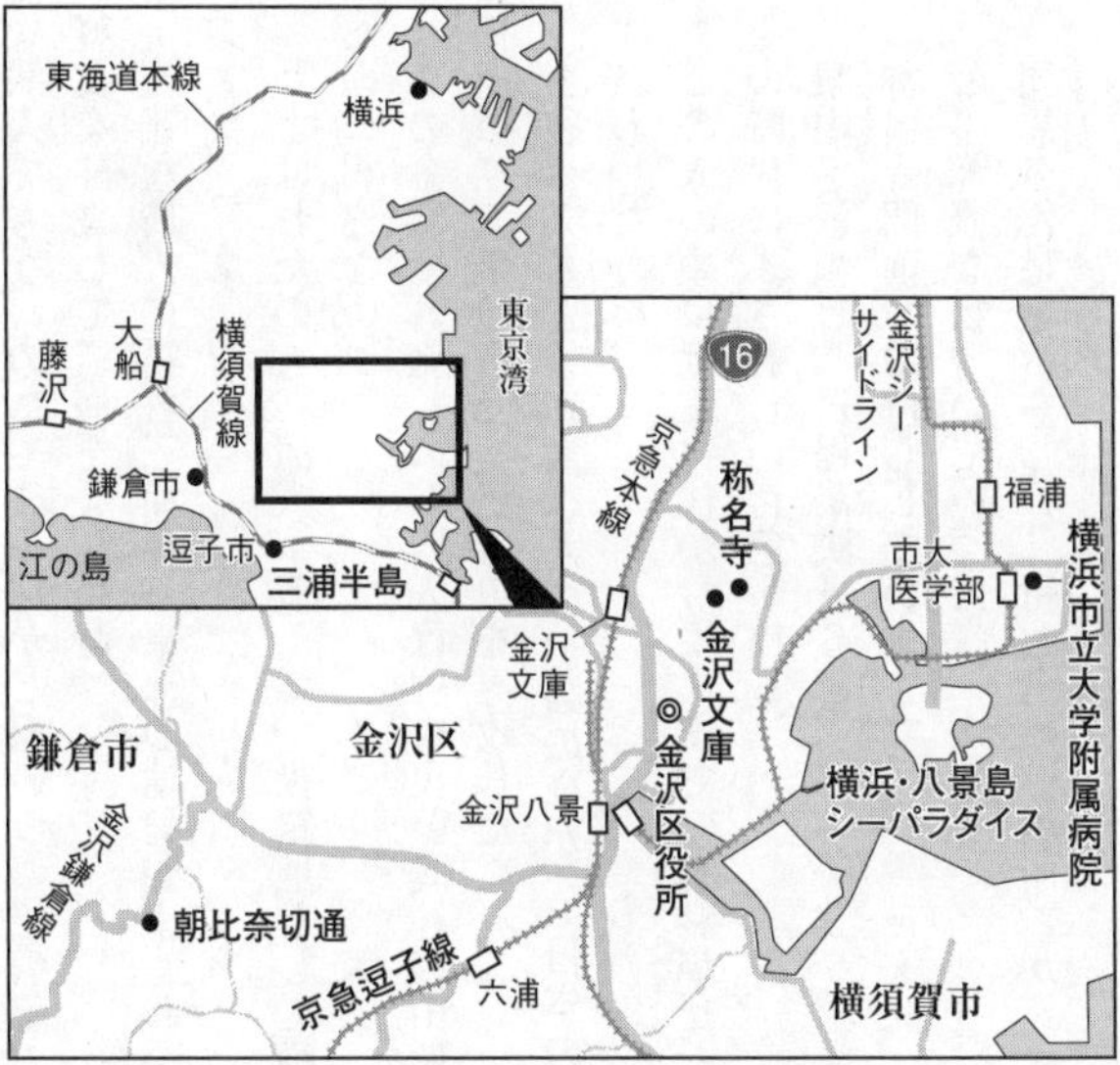

〈六浦は外界から鎌倉への兵力の吸入口であるとともに、対宋貿易の拠点であり、つまりは鎌倉幕府にとっての軍事と経済と、外国文化導入の要衝だった〉

三浦半島の西の付け根が鎌倉で、東の付け根が武蔵国の六浦荘金沢郷になる。いまの横浜市金沢区で、〈鎌倉時代後期には、鎌倉の経済圏にあったといっていい〉

鎌倉と金沢をむすぶ「六浦道」のうち、司馬さんは鎌倉側の「朝《あさ》比《い》奈切通《なきりどおし》」を歩き、金沢側の福浦地区も取材した。福浦は海が近い。海からの風を感じながら歩くと、横浜市立大学附属病院がそびえていた。

〈病人でもないのにやや不埒かと思いつつ、病院の十一階の一般人用の食堂までのぼり、軽食を注文して、海をながめた〉

複雑な湾入に富む三浦半島東部の地勢がよくわかったという。

〈「むつら（六浦）」
とよばれたのも、湾入が多くて、投錨地として絶好であるというよろこびの地名だったのに相違ない〉

この金沢の〝旅〟の案内人は、中央公論社の山形眞功さん。山形さんは金沢区にある横浜市立大学ＯＢで、日本史を専攻した。

会社に入ると、司馬さんの担当のほか、『日本の古代』や『日本の近世』の編集にたずさわったため、

〈この人の頭には、古代から現代までの鍵盤がぜんぶそろっており、どの鍵を打ってもその時代にふさわしい音色が出る〉

案内を依頼し、日程が決まると、

「称名寺《しょうみょうじ》門前でお待ちしています」

と、謹直な物言いでいった。

司馬さんは金沢らしい「待ち合わせ場所」が気に入ったようだ。

◇　◇

金沢の称名寺は、北条家の分家「金沢北条氏」の北条実時（一二二四〜七六）が建立した。

実時は執権の補佐役として活躍した。武芸にも長け、なにより好学の人だった。最晩年の一二七五（建治元）年ごろに建てたのが「金沢文庫」で、つまり私設の図書館である。

称名寺は実時の住居でもあり、金沢文庫はそのすぐ近くに造った。

〈実時は火を怖れた。（略）称名寺がたとえ焼けても火が金沢文庫に及ばないように、文庫の所在地は小山一つをへだてさせている。しかも小山に隧道をくりぬいて、双方のゆききの利便をはかった〉

実時は勉強熱心だった。

先祖に清少納言をもつ学者の清原教隆を京から招き、唐代の政治書などをレクチャーしてもらっている。『源氏物語』を書き写すなど、文学はもちろん、軍学、農学など幅広く興味をもち、書籍や資料を集めた。

いずれにしても、隧道を抜けて好きな本を読みに行く実時のうれしそうな顔が浮かぶ。いまは新しい隧道があり、それをくぐると近代的な建物が現れる。これが現代の「神奈川県立金沢文庫」で、司馬さんも新隧道をくぐり、風景が気に入った。

〈横浜に住むほどの人なら、一度は味わったほうがいい〉

実時のころから、この文庫の所在地は、「文庫ケ谷《やつ》」と呼ばれていた。現代の「文庫ケ谷」の住人、神奈川県立金沢文庫の学芸課長、西岡芳文さん（五八）はいう。

「金沢文庫のなかには入っておられないようですね。うろ覚えですが、休館日に訪ねられたという噂を聞いたことがあります（笑）。でも、読んでうれしかったことがあります。金沢という地域が鎌倉の一角だということは、ハマっ子であることを誇りにするいまの横浜市民の念頭にはほとんどないんです。しかし中世でいえば、金沢区と戸塚区、栄区は明らかに鎌倉の一部です。意外に知られていない事実を、よくぞ広めてくださったという感じです」

現在の金沢文庫は一九九〇（平成二）年に建てられたというから、司馬さんが見たのは新築早々だった。

仏教の書物や手紙類など「金沢文庫文書」の約二万点が国宝に指定されている。

「いま金沢文庫にある書物の九割九分は仏教関連です。この時代の仏教界は日本独自の世界を追求していましたが、中国と交流していたのは禅宗と律宗。最近では『禅律仏教』という言い方もします。律僧が船を仕立てて貿易もしていて、称名寺を造るときや、鎌倉の大仏を造るときにも船を出しています。大陸から戻れば大伽藍がひとつ建つくらいの交易だったようです」

実時の時代のものは多くない。

「孫の貞顕の時代のものがほとんどなんです。ただ『金沢文庫本』と呼ばれる本の多くは流出してしまい、全国各地で国宝や重要文化財に指定されています」

鎌倉時代はなぞも多いが、魅力に富んでいるという。

「司馬さんの『鎌倉幕府がもしつくられなければ、その後の日本史は、二流の歴史だったろう』も名言だと思います。日本の武家政権はアジアのなかで固有のものです。韓国の歴史ドラマが最近は日本でもよく放映されていますが、日本の戦国時代の合戦のような迫力はない。王朝の内部の足の引っ張り合いみたいなものばかりで、武家政権がなければ日本もそうなっていた可能性があるんです」

室町幕府も江戸幕府も、鎌倉時代を参考にしてきたようだ。

「徳川家康も鎌倉時代の『吾妻鏡』を愛読していました。頼朝の鎌倉幕府の組織体制などをモデルにしていることは間違いありません。江戸を開くときに金沢文庫から書物をごっそり持ち出しています」

それらは江戸城内の「紅葉山文庫」に保存された。のちに「金沢文庫」と印が押された書物を見つけ、興味をもった人物が出る。『菜の花の沖』の登場人物のひとり、近藤重蔵である。北方探検で知られる幕臣で、「本郷界隈」にも出てくる。

「近藤重蔵は江戸城の図書館長にあたる書物奉行ですね。金沢文庫を研究した最初の人物で、注目されるきっかけをつくりました」

金沢文庫を支えた人は多い。

明治に称名寺が衰退していることを知り、元勲《げんくん》もひと肌脱いだ。

「伊藤博文が、しっかり管理しなければならないという危機感から復興に尽くしてくれています。長州藩の足軽時代に黒船の警備で金沢をおとずれたことがあり、風光明媚な金沢の地を気に入ったようです」

博文らにより一八九七（明治三十）年に再建された「金沢文庫」だったが、関東大震災で倒壊。こんどは出版社の「博文館」社長の大橋新太郎の寄付などで一九三〇（昭和五）年に県立図書館として復興した。

戦後は図書館から博物館へとなっていく。現在は鎌倉時代を中心とした所蔵品を保管、展示公開する歴史博物館となっている。

もっとも戦後にもピンチはあった。大型レジャー施設計画や、宅地開発の波も押し寄せたという。

「称名寺のまわりにジェットコースターを走らせる計画もあったそうです。昭和四十年代には団地のための裏山の開削工事が始まりました。ショベルカーが削り始める直前に反対運動で止まったんです」

開発中止を求めたのは、関係の深い「東京大学史料編纂所」の人たちだけではなかった。

「町内会の婦人部の方々と横浜市立大の学生が反対運動の中心だったそうです。学生パワーはすごかったそうですよ」

司馬さんは文庫を訪ねた「横浜のなかの鎌倉文化」の章を、

〈いまも、袋の中のような地形に守られて金沢文庫がある。谷《やつ》に、鎌倉文化の余香がかおっているようである〉

と、結んでいる。

めでたき山

司馬さんの講演を聴いていると、冒頭から引き込まれる。

〈私のただ一つの趣味は、ちょっとした数日の旅をすることです〉（『司馬遼太郎全講演3』以下同）

と、話し始めたのは一九八六（昭和六十一）年十月、大阪で行われた講演。タイトルは「『見る』という話」だった。

〈旅をするのは、見に行くためですね。私は小説を書こうと思うと旅をしてきました。その主人公の行ったところ、関係のあったところには、行ける限り、みな行きました〉

旅の前には資料を読む。ただし、資料は学者が読むべきもので、資料で小説が書けるわけもない。

〈資料を読むということは、要するに想像の触媒、想像の刺激剤として必要だからですね〉

しかし、資料を読んで現地に行っても、現実は甘くない。

〈せっかく行っても、工場地帯になっていたりします〉

かつての古戦場が住宅街になっていたり、駐車場になっていたりと、日本の風景は変化が激しい。

〈しかし、その様子が変わっていたほうがいいのです〉

こういう土地だろうと思っていくと、想像はくずれていく。

〈自分の立てたイメージ、こうであろうと思ったイメージが、現地を見ることで崩れる。崩れるという快感が、行く値打ちですな〉

『街道をゆく』の取材でも、出発前には資料を丹念に読み込む。

「書斎でもう原稿はできている。あとは確認するだけなんだ」

と思っている人は少なからずいるが、誤りだろう。

見ることを重視すれば、書斎でつくられたイメージとはかけ離れていく。その発見を大切にしていた。

言葉を換えると、同じ風景を見ていても司馬さんと私たち同行者では視点が違う場合がよくあった。

藤谷宏樹さんは『街道をゆく』の三代目担当者。「三浦半島記」の取材では地元民として浦賀を案内した。司馬さんの旅の本領について、

「目の前にあるものをいったん頭の中で消し去り、そこにかつてあったものを思い描く

こと」

と、コラムに書いていたことがある。

「三浦半島記」の取材では、司馬さんは地形を確かめるようによく歩いた。

最初の取材は横須賀市の衣笠山。一九九五（平成七）年一月三日、曇り空でうすら寒いなか、司馬さんには珍しい〝山登り〟ではある。標高はたった一三四メートルだったが、その割には勾配がきつく感じられた。後続の司馬さんを何度も振り返った記憶がある。

息を切らして登った急坂の途中で、寒椿が咲いていた。

〈木々のなかにまじる椿の花が、伊予絣《いよがすり》の絣模様のなかのかすかな赤のように、にじんだ風情のうつくしさがあった〉（「三浦半島記」以下同）

それにしても、どうして正月早々山登りなのか。

〈私どもは、その大介どのの城へのぼった。

衣笠山である。現在の横須賀市域に起伏する丘陵のひとつで、三浦氏累代の城塞だった〉

「三浦半島記」に登場する関東の豪族のなかで、のちに執権の地位をにぎった北条氏のライバルだったのが、三浦一族である。

「三浦半島の主《あるじ》に、三浦義明というのがいたんだ。当時としてはえらい長生きでね、九十歳近くまで生きた。頼朝のために最後まで戦って死んでいるけど、彼は変わっててね、普通はただ『介』と称するんだけど、彼は『大介《おおすけ》』なんだ」

と、司馬さんはいっていた。

ある地域を統括する中央の公家を「国司《こくし》」といい、現地の有力者を「介《すけ》」といった。

〈介は副知事かもしれない。（略）となりの房総半島にも、千葉介《ちばのすけ》や上総介《かずさのすけ》という土着の副知事格の勢力者がいた〉

三浦義明（一〇九二～一一八〇）の父も三浦介だったたし、子どもの義澄も三浦介だった。しかし義明だけが六十歳を超えてから大介と称し始めた。

〈「わしはただの介ではないぞ」

といっていたかもしれない。

「大介であるぞ」

なにやら、ユーモラスな人柄がうかびあがってくるではないか〉

源頼朝が挙兵したとき（一一八〇年）、大介は病床にいたが、床をはらって頼朝を助ける決断をしている。

石橋山の第一戦に敗れたあとは衣笠城に籠もり、一族には海に落去するように指示を出し、わずかな郎党と奮戦して自刃した。

その後、海に逃れた三浦一族は、敗れて東京湾に漂流していた頼朝と奇跡的に合流した。

〈頼朝は、この洋上での邂逅《かいこう》を、終生、わすれなかった〉

やがて房総半島に上陸し、千葉氏や上総氏の協力を得、頼朝は大勢力へとなっていく。はるかなのち、鎌倉幕府をつくった頼朝は、衣笠山で行われた三浦大介義明の十七回忌に参列し、墳墓に拝礼している。

〈そのとき、頼朝は、生ける大介に語りかけるように、

「私は、あなたとともに生きている」

と、ふしぎなことをいった〉

生者が死者に語りかける不思議な光景を、司馬さんは衣笠山で見ていたのだろうか。

◇　◇

衣笠山の翌々日は、大楠山《おおぐすやま》（二四一・三メートル）にも登っている。

〈「晴れた日には、新宿の都庁あたりまでみえますよ」

と、その山麓に半ば住む――半ばは東京に住む――古い友人の木下秀男氏がいった〉

週刊朝日の木下秀男元編集長は『街道をゆく』の旅にしばしば同行した。

「愛蘭土《アイルランド》紀行」ではアラン諸島のイニシュモア島に一緒に行っている。断崖絶壁から司馬さんが首を出して大西洋を覗き込むところ、足を押さえていたのが木下さんである。

木下さん、『街道をゆく』のアドベンチャー担当かもしれない。

「なにしろ大楠山は三浦半島最高峰だから、眺めはいいんです。『房総半島も伊豆半島も見えますよ』と司馬さんにいったら、乗り気になってくれた。途中までは車で、ほんの少し登っていただいたんですが、やっぱりきつかったようだね。頂上までたどり着いた司馬さんに、『すぐそばの展望台からは、もっとよく見えますよ』といったけど、さすがに登らなかった」

ヘトヘトの司馬さんを支える木下さん、なんだか三浦大介のようでもあった。眺望には大いに満足しつつ、司馬さんは下山した。

ふもとの秋谷《あきや》には木下さんの家がある。

〈思わぬことに、夫人の靖枝さんから、三浦大根のふるまいをうけた〉

司馬さんも三浦大根には疎かったらしく、『日本国語大辞典』をちゃんと調べている。

三浦半島中南部で多く栽培され、根は円柱形で、尻まで肉付きがよく、甘みが強い。

〈みごとな大根料理だった。ナマスもあれば、つけものもある。さらにぶあつい水煮の大根をミソで食べ、あわせて醬油で煮たのも頂戴した。十分に三浦大根を賞味した〉

秋谷では司馬さんが好きだった菜の花も栽培されている。「三浦ちりめん」という品種もあることを、木下家で教わった。

〈葉のぐあいが縮緬《ちりめん》のようにやわらかくしわばんで、じつに絶品だという〉

さて、木下さんは「ひでを」という俳号をもつ。句集を読むと、司馬さんに関係したと思われる句もいくつかある。

〈日和山に登りてみたり菜の花忌〉

高田屋嘉兵衛も日和山を探し、山頂で航路を考えたものである。

〈オホーツク人氷の独楽《こま》を回せしや〉

謎の海洋民族オホーツク人に凝った司馬さんにぜひ見せたい。氷の独楽は滑りがいいだろう。

最近の作を教えてもらった。

〈司馬遼太郎忌いつまでも花菜《はなな》明りのなかにをり〉

そういえば、毎年春になると、司馬家に「三浦ちりめん」が届いていたことを思い出した。

◇　◇

あれほど幕府樹立に功績が深かった三浦一族は、頼朝の死後にあっさりと滅ぼされてしまう。

一二四七年、北条氏の策謀のため、一族のほとんどが討滅された。「骨折り損」だったと、司馬さんは書いている。最初から最後まで、鎌倉幕府の歴史は血なまぐさい。

〈武士という、京からみれば〝奴婢《ぬひ》〟のような階層の者が、思いもよらずに政権を得た。

馴れぬこの政権に興奮し、結局は、他を排するために、つねに武力を用いた〉（「三浦半島記」以下同）

そうして絶対権力を得た北条氏も一三三三年、新田義貞軍の鎌倉乱入によって全滅している。

そんななか、三浦大介は語り継がれた。江戸時代の門付け歌に、

「鶴は千年、亀万年

三浦大介百六つ」

というのがあったという。

頼朝は大介に深く感謝し、亡くなってからも生者として扱い、菩提寺に多くの寄進をした。

数え年八十九歳で死んだ大介に十七回忌の十七年を足すと百六つになる。

〈「三浦大介、百六つ」が、鶴や亀よりもめでたいとされるのは、死んでなお生けるがごとく禄をもらったということなのである〉

司馬さんは三浦大介について、最後はさん付けにしている。

〈大介さんという人は、生前、よほど玲瓏《れいろう》とした人柄のひとだったのかもしれない〉

インタビュー　私と司馬さん

日本画家　桑野むつ子さん
女優、タレント　坪内ミキ子さん
エッセイスト　半藤末利子さん
関東学院大学名誉教授　宮村　忠さん

素描に生涯をかけた父の背中

日本画家 桑野むつ子さん

一九四九年、京都府生まれ。京都市立芸術大学卒業。同専攻科修了。現在、晨鳥社所属。日春展会員、日展会員。
（撮影・楠本 涼）

――『街道をゆく』の二人目の装画のパートナーとなった故・桑野《くわの》博利《ひろとし》さんの三女がむつ子さんです。

本当に司馬先生の父の描写は的確でした。「神田界隈」で、「こんないこじで不自由な人間が、人間をやっているのは大変です、とはおっしゃらなかったが、表情に出ている」とか、「こんな仙人じみた人が、どうして人間が好きなのだろう」とか。短いお付き合いなのに、どうしてこんなによくわかるんだろうと思いました。父の弱点も温かく見て、楽しく書いてくださいました。
　父の絵の本質もよくご存じでした。父の絵の良いものは、やはり素描ですね。それを目にとめていただいたのは本当にうれしかった。父の良さは、シュシュッと描いた筆数の少ないもの、速写に近いものです。本人はもっと手を入れたものにしたがりますが、画家は案外自分の絵の良さがわからないものなんです。

――桑野さんの持論は「後ろ姿は正直にその人を語る」。いつもスケッチブックを抱えて町に出ていました。

　素描だけで一万点以上を描いています。女の人を描くのはたしかに好きでしたが、ただのドンファンではないですよ（笑）。このおばさん、食えんなと思ったら、そのおばさんの憎たらしい感じを丹念に描く。奥さんが威張ってご主人にぎょうさん荷物持たせて歩く絵とか、辛辣《しんらつ》だけど、冷たくない。おもしろがりで、童心そのままというか、人間に対する好奇心なんだと思います。
　極端に言えば、素描中毒ですね。植物園に行きましょうかといっても、「そんなとこ要らん、深泥池《みぞろがいけ》のほうがええ」。京都の深泥池って夜はさびしいところで、冬はえらい寒さです。真冬に友達にいわれました。「あんたのお父さん、えらい雪が降るなか、深泥池にはまり込んで写生しとったよ。大丈夫？」って。

――むつ子さんが日本画の道を選んだことをとても喜んだという。

私は最初、油絵だったんですが、日本画のほうがおもしろいぞっていうんです。画家としても同じ道を歩かせたかったみたいですね。ただ父は教師もしていたので、絵を見せると手を入れて自分の絵にしてしまうから、うっかり見せられませんでした。

子煩悩ではありましたね。サラリーマンのお父さんに憧れたものですが、父はサムライみたいでした。お金には本当に縁がなかったな。父の展覧会を見に来た人が、傘で絵を指して「あの絵をくれ」といったら、「売れてます」。「じゃあ、あの絵をくれ」「売れてます」。傘で絵を指す奴には売るもんかといってました。

――桑野さんは「神田界隈」の途中で体調を崩し、療養生活に入った。二〇〇八年に九十四歳で永眠。一三年に鳥取県倉吉市で「桑野博利展」が開かれ、多くの人が集まった。

やはり司馬先生の装画を描くということは大きな反響があります。司馬先生と一緒に仕事をしていた人なら見ようと思った人もいたのじゃないでしょうか。「神田界隈」をご覧になったか、ジャズ演奏家の渡辺貞夫さんから連絡をいただき、ぜひ素描集を拝見したいといわれてお送りしたこともあります。

母から聞いた逍遥の優しさ

女優、タレント　坪内ミキ子さん

一九四〇年、東京生まれ。市川雷蔵主演の「陽気な殿様」でデビュー。「太閤記」「座頭市」など映画やテレビドラマに多数出演。「連想ゲーム」のレギュラー解答者も務めた。著書に『母の介護　102歳で看取るまで』。

（撮影・岸本　絢）

逍遥の名前は私にとって正直いって重荷でした。父・士行（演劇評論家）に「女性も高等教育を受ける時代だ。早稲田大学に入れ」と言われ受験勉強して入学しました。大学では「逍遥の孫が入ったらしいぞ」と言われていたようですが、私は「逍遥という字ぐらいは間違いなく書けるようにしよう」と呑気なもの。大映でデビューしたときも永田雅一社長（当時）が「逍遥の孫で初の学士女優」とぶち上げたものだから大変でした。正確には、父は逍遥の兄の子。七歳で逍遥の養子になったのですが、度重なる女性問題で逍遥の怒りに触れ除籍させられました。

——坪内逍遙は東大に通っていたときに根津遊郭の芸妓（本名セン）に惚れ込んで結婚。センが寝込んだときには遊郭にコンロを持ち込んで魚を焼くなど世話をした。「炉端のツボさん」と呼ばれたという。養子の士行は女性にもてた。浮名を流しトラブルも。宝塚で演劇指導したときに歌劇団一期生でトップ娘役だった雲井浪子（本名操）と交際し結婚。芸能マスコミの話題になった。

結婚には逍遙の許しが出ず、式に出席もしなかった。しかし、年月を経て距離は縮まったようです。母は逍遙のことをよく話してくれました。「とても優しくてね。熱海に伺うたびに、操は刺し身が好きだからって、いつもたくさん用意してくださっていたの。そして、鼻の下の髭を忙しげにこすってお話しなさるのが、見ていておかしくってね」。母や父に宛てた便りが何通か残っています。逍遙は達筆すぎて私には解読不能。専門家のお力を借りねば読めません。

それまで私は逍遙の原作を熱心に読んだことがありませんでした。旧仮名遣いで文章が難しかった。高校二年か三年のときに、娘役がいないからと頼まれ、演劇博物館の前でシェークスピア劇「冬の夜ばなし」に出演しました。逍遙の原作を初めて読みました。逍遙のベースは歌舞伎にあったと思います。シェークスピアの翻訳でも台詞が歌舞伎調です。

逍遙は仕事や家庭人としても自分にも他者にも厳しかったそうです。父はわが家に飾ってあった「不以美害生」という逍遥の書を小さな私を抱いて読んでくれたものです。「逍遥が私に、うぬぼれてはいけないよと忠告してくれているんだ」と。父は養父の恩を裏切ったことを最後まで悔やんでいたと思います。

――坪内さんは母の操さんを百二歳まで六年間介護した。学生時代に司馬さんの『竜馬がゆく』を読んで以来、好きな作家の一人だったという。

私は活字中毒なんです。いつも本がそばにある。作品に魅かれると、その作家を追いかけていくタイプ。司馬作品も『菜の花の沖』『坂の上の雲』など読みました。ただ、すぐに忘れちゃう。司馬作品とのご縁といえば、NHK大河ドラマ「竜馬がゆく」で高橋英樹さんの武市半平太の妻・富を演じました。最後は尼になる役でした。デビュー作は五味康祐さんの作品でじゃじゃ馬のお姫様役。時代物が多かったですね。

小学校からの同級生が市川雷蔵さんの夫人で、二人の結婚式に出た私を雷蔵さんが「あの子は誰だ」と夫人に聞いたらしい。雷蔵さんが永田社長に推薦してスカウトされたとだいぶ経ってから知りました。

夏目鏡子はあっぱれな妻でした

エッセイスト 半藤末利子さん

一九三五年、東京生まれ。父は夏目漱石門下の松岡譲、母は漱石の長女筆子。夫は昭和史研究家の半藤一利。著書に『夏目家の糠みそ』『夏目家の福猫』『漱石の長襦袢』『老後に乾杯！』『老後に快走！』など。
（撮影・小原雄輝）

　夏目漱石の妻・鏡子は悪妻の代名詞のように言われていますが、病弱な夫にあれだけの小説を書かせた祖母はあっぱれな妻であったと私は褒めてあげたいです。祖母には貫禄がありました。印税が入って派手好きな面が出たのか、なんでも人にあげたくなる、大まかな性格でした。部屋の鴨居には新しい下駄が並べてあって、お手伝いや出入りの商人に気前よくあげていたほどでした。漱石を深く尊敬し、愛していました。

　悪妻の印象は祖母の口述、父・松岡譲筆録で出版された『漱石の思い出』のためだと私は思っています。ロンドン留学から戻ってきた漱石は神経症がひどく、祖母や私の母・筆子や次女に暴言を吐いたり暴力を振るったりした。鏡子は実家に二カ月間逃げたこともあったそうです。

生前の漱石を飾らず正直に描写したのに「亭主を狂人呼ばわりした妻」と評価を下げてしまったのです。

――末利子さんは母の筆子さんから漱石が一時期どんなに怖かったか何度も聞かされたという。

漱石が修善寺で大病をしたときは母の筆子は妹と見舞いに行き、ただ「お加減はいかがでらっしゃいますか」と聞いて下がったそうです。その後、漱石の神経症はよくなって優しくなったが、妹の栄子や愛子が父に甘えるようにはできず、筆子は「おやすみなさいませ」と毎晩手をついて丁寧に挨拶をしていた。

祖母は漱石の死後、長女を漱石の弟子に嫁がせたいと思っていたようです。久米正雄が祖母に筆子との結婚を申し出たときも「筆子本人がよかったら」と答えたそうです。そのとき筆子は松岡譲に好意を抱いていた。父母が結婚した直後、久米が父母を悪人に仕立てて『破船』という小説を発表し話題に。そのために父母は世間から好奇の白い目で見られるようになりました。

父は友も失った。疲れ切っていたと思います。祖母からは「(漱石は四十歳を過ぎて作品の多くを書いた。だから)あなたも四十歳を過ぎるまで書いてはいけません」と言われて、律義な父はそれを守った。父の死後、私は母の介護をしました。最晩年はボケてしまって私のこともわからなくなったのに、テレビに漱石の写真が出ると「あれはうちの父でございます」と言うので驚きました。

――夫の半藤一利さんは司馬遼太郎さんと親交が深かった。末利子さんは面識はなかったが、松岡譲の『法城を護る人々』全三巻が再発行された一九八二年に司馬邸に送本すると、便箋五枚の手紙をもらったという。

簡単な礼状を書くおつもりだったのでしょうが、途中から興が乗ってきたのか文字がどんどん小さくなってびっしり書かれていました。手紙は「半藤兄の奥様が松岡譲先生のお嬢さんであると存じ上げず、そのことに驚き入りました。昭和二十三年夏に西本願寺の座敷で寝ころびながら三日かかって(『法城を護る人々』を)再読しました」という文章で始まり、漱石という人の不機嫌ぶりと門弟たちの間の陰湿な気分を知ったことも司馬さんが「文壇の人たちと濃密になるまいと思った」一つの理由だったことなど万感こもる言葉が記されていました。何人かの方に本を送ったのですが、こんな礼状は初めて。ありがたくて胸がいっぱいになりました。

緩流の藤沢さん、急流の司馬さん

関東学院大学名誉教授　宮村　忠さん

一九三九年、東京・深川生まれ。工学博士。宮村河川塾主宰。二〇一四年から公益財団法人リバーフロント研究所代表理事をつとめた。『水のある風景』『川を巡る――「河川塾」講演録――』など著書多数。
（撮影・関口達朗）

私は司馬さんとも藤沢周平さんとも東京の川を舟でご一緒する機会がありました。司馬さんは、本当は眺望のいいところから川が見たい方ですね。統治する人たちは必ずビューポイントを持ってたんですよ。治水学上どういう都市構造がいいか、どういう管理がいいかなどを考える。大久保利通の都市計画も、高いところから見ないとできない発想です。

一方、上から眺める川を、下りて舟に乗ると全然違う。舟に乗るのは統治される側、生活する人たちの目ですよね。藤沢さんは水面に近いところから人間を見ようとする。舟に乗れるぐらいですから、川の流れはどちらかというと緩い。緩流の藤沢さん、急流の司馬さんですね。

そんな司馬さんですから、坂のある本郷や神田はすぐ把握されていましたが、深川あたりは真っ平らですからね。ビューポイントがなく、東京の川は感覚がつかみづらかったんじゃないでしょうか。一緒に舟に乗ったんですが、どちらが上流かと何度も聞かれました。

――宮村さんは一九七〇年代はじめから、司馬さんと二十年を超える交友があった。本所深川の心強いガイド役となった。

下町の人間って、素直じゃないですからね。人情があるとか路地が素晴らしいとか言われるけど、住んでる僕らはなんとかして脱出したいと思ってた（笑）。だからといって偏屈なところに住んでると言われると、猛烈に弁護したくなる。あまのじゃくなんですよ。浅草の三社祭の話になると、「あんな田舎の祭りは行かないよ」と言う人もいます。深川に住んでいると、昔の浅草といえば、二時間ぐらいかけて「お花見に行く場所」で、あまり行きませんでした。行くなら舟ですね。深川辺りは、水路が網の目のように縦横に張り巡らされ、交通手段も舟が中心でした。私が小さいころのかかりつけの医者も、舟で来ていましたよ。本所深川を東西に流れる小名木川《おなぎがわ》、そこに交差する水路では、一日二回、潮の満ち引きに合わせて行き来をします。満潮になると深川の水路から出て浅草や千住に行き、引き潮で戻ってくる。そういう舟の文化がまだ残っていましたね。

——宮村さんは関東学院大学教授時代の八七年から、土木工学の観点から地学や歴史を考える「宮村河川塾」を主宰、二十九年目を迎える。

最初は百九本の川を歩いたときの記憶を、資料もなしに話していたんですよ。資料を使わない理由は、司馬さんが使っていなかったから(笑)。かっこいいなぁと思ったんですね。相当熟知していないとできないことだとわかりましたね。その後、県庁所在地の川についてもやりました。退職後の今も歩いていて、最近は「半島」巡りをしています。先日も下北半島に行ったところです。「三浦半島記」など、司馬さんは半島が好きでした。司馬さんに、半島は片側しか発達しないんだよ、両側が華やかな半島はないんだと言われたことが強く印象に残っています。

実際に歩いてみてわかることはたくさんあります。実証的でありながら突然とっぴな発想をする、そんな司馬さんの姿や言葉が、今も大きなヒントになっています。

司馬遼太郎《しばりようたろう》の街道《かいどう》 I
東京編《とうきようへん》

朝日文庫

2020年7月30日　第1刷発行

著　者　週刊朝日編集部《しゆうかんあさひへんしゆうぶ》

発行者　三宮博信
発行所　朝日新聞出版
〒104-8011　東京都中央区築地5-3-2
電話　03-5541-8832(編集)
03-5540-7793(販売)
印刷製本　大日本印刷株式会社

ISBN978-4-02-264962-1

「司馬遼太郎記念館」のご案内

司馬遼太郎記念館は自宅と隣接地に建てられた安藤忠雄氏設計の建物で構成されている。広さは、約2300平方メートル。2001年11月に開館した。

数々の作品が生まれた自宅の書斎、四季の変化を見せる雑木林風の自宅の庭、高さ11メートル、地下1階から地上2階までの三層吹き抜けの壁面に、資料本や自著本など2万余冊が収納されている大書架、……などから一人の作家の精神を感じ取っていただく構成になっている。展示中心の見る記念館というより、感じる記念館ということを意図した。この空間で、わずかでもいい、ゆとりの時間をもっていただき、来館者ご自身が思い思いにしばし考える時間をもっていただきたい、という願いを込めている。　（館長　上村洋行）

利用案内

所在地　大阪府東大阪市下小阪3丁目11番18号　〒577-0803
TEL　06-6726-3860、06-6726-3859（友の会）
HP　http://www.shibazaidan.or.jp
開館時間　10:00～17:00（入館受付は16:30まで）
休館日　毎週月曜日（祝日・振替休日の場合は翌日が休館）
特別資料整理期間（9/1～10）、年末・年始（12/28～1/4）
※その他臨時に休館することがあります。

入館料

	一般	団体
大人	500円	400円
高・中学生	300円	240円
小学生	200円	160円

※団体は20名以上
※障害者手帳を持参の方は無料

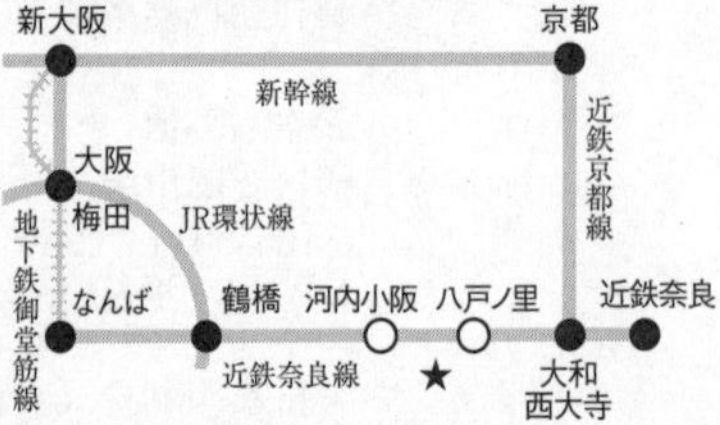

アクセス　近鉄奈良線「河内小阪駅」下車、徒歩12分。「八戸ノ里駅」下車、徒歩8分。
Ⓟ5台　大型バスは近くに無料一時駐車場あり。但し事前にご連絡ください。

記念館友の会　ご案内

友の会は司馬作品を愛し、記念館を支えてくださる会員の皆さんとのコミュニケーションの場です。会員になると、会誌「遼」（年4回発行）をお届けします。また、講演会、交流会、ツアーなど、館の行事に会員価格で参加できるなどの特典があります。

年会費　一般会員3000円　サポート会員1万円　企業サポート会員5万円
お申し込み、お問い合わせは友の会事務局まで
TEL 06-6726-3859　FAX 06-6726-3856